AS PALAVRAS SECRETAS

RUBENS FIGUEIREDO

AS PALAVRAS SECRETAS
Contos

1ª reimpressão

COMPANHIA DAS LETRAS

Copyright © 1998 by Rubens Figueiredo

Capa:
Angelo Venosa

Foto de capa:
Chuva no baixo São Francisco *de Beto Felício*

Preparação:
Carlos Alberto Inada

Revisão:
Ana Maria Alvares
Cecília Ramos

Dados Internacionais de Catalogação na Publicação (CIP)
(Câmara Brasileira do Livro, SP, Brasil)

Figueiredo, Rubens
    As palavras secretas : contos / Rubens Figueiredo. —
São Paulo : Companhia das Letras, 1998.

ISBN 978-85-7164-755-8

1. Contos brasileiros I. Título.

98-0621   CDD-869.935

Índices para catálogo sistemático:
1. Contos : Século 20 : Literatura brasileira
869.935
2. Século 20 : Contos : Literatura brasileira
869.935

<u>2009</u>

Todos os direitos desta edição reservados à
EDITORA SCHWARCZ LTDA.
Rua Bandeira Paulista, 702, cj. 32
04532-002 — São Paulo — SP
Telefone: (11) 3707-3500
Fax: (11) 3707-3501
www.companhiadasletras.com.br

Para Leny

SUMÁRIO

A ele chamarei Morzek 9

As palavras secretas 33

Sem os outros 63

Eu, o estranho 81

Enquanto a flecha voa 99

Os distraídos 109

A arte racional de curar 115

Ilha do caranguejo 139

A ELE CHAMAREI MORZEK

Naquela noite, descobri que a verdade não é aquilo que perseguimos, mas sim o que, sem querer, sem buscar, encontramos. Descobri que a verdade repousa pronta, desde sempre, à nossa espera. Não existe procura, nunca existiu — só há o encontro. Tudo o que me disseram, tudo o que vi e pensei, e o que ainda vejo e penso, mesmo agora, são coisas que não me pertencem. Nossa própria mente manobra para tolher de nós a verdade. Por isso posso chamar a mim Emiliano. E a ele chamarei Morzek.

Não foi fácil receber a notícia da minha reprovação no exame. O orgulho se alimenta de qualquer coisa e se revigora até com os nossos defeitos e fracassos. Mesmo o conhecimento apurado de nossa própria incompetência é capaz de gerar em nós um monstro de orgulho. Ainda mais se somos jovens. A juventude ignora a banalidade dos monstros.

Talvez por isso a idéia de prestar um novo exame nem sequer tenha passado pela minha cabeça. Preferi vagar pela Escola de Belas-Artes como um intruso. Um nome sem matrícula, quase um fantasma que viesse lançar sua sombra nos corredores, em uma espécie de desafio silencioso. No fundo, quem sabe, eu me imaginasse um espírito vingador. Em mim, como em tantas coisas, a serenidade era só uma aparência. E manter essa aparência tinha um preço.

A primeira vez que vi Morzek em carne e osso foi de longe, de relance. Apenas um vulto, quase de costas para mim, se esgueirando por trás dos ramos de uma árvore, por trás do esguicho de uma fonte. Até que, por fim, ele desapareceu na sombra de uma arcada de pedra. Eu estava no primeiro andar e o avistei embaixo, no térreo, através da janela que dava para um dos jardins internos da Escola de Belas-Artes. Reconheci logo que era Morzek e no mesmo instante parei, com o pescoço levemente esticado, os olhos incapazes de se desviar do reduto de sombra onde ele tinha acabado de sumir.

Podia ser fantasia da minha parte. Mas vi, naquela mancha escura no canto do jardim, a mesma tinta, o mesmo pincel que Morzek usava em seus quadros. Pretos, marrons, sépias, eles eram sempre assim. Que meus quadros também fossem assim e se assemelhassem aos dele em quase tudo era algo que agradava ao meu amor-próprio, naquela época, embora ao mesmo tempo me mantivesse num estado de constante irritação. Mas isso eu não queria admitir.

Petulante, enciumado de meu próprio talento, eu não poderia nem de longe aceitar a idéia de que, um dia, iria assistir às aulas de Morzek. No entanto, desde o início eu estava ciente de que ele dava seus cursos de pintura ali na Escola. Sabia que, em algum ponto dos porões do prédio, se achava a antiga e quase lendária prensa da oficina de gravura, junto à qual ele instruía seus alunos.

Até pouco antes de me submeter ao exame eu me dedicava apenas a ilustrar livros, capas de disco e material de publicidade. A certeza de que eu era capaz de ganhar somas bem razoáveis ainda antes dos dezoito anos me proporcionava uma sensação extraordinária, metade poder, metade despeito. A verdade é que desenhar jamais representou problema para mim. Nos anéis de arame espiralado de meus cadernos escolares se penduravam mais caricaturas de colegas e de professores do que a matéria da instrução, que eu menosprezava, e que tanto me faltou, mais tarde.

Não sei ao certo em que momento aconteceu. Sei que um dia me vi convencido de meu próprio dom e inconformado com a idéia de que o desperdiçava. Não me dei conta do medo que ardia por trás disso: o temor de ver meu dom, um dia, chegar ao fim. Aflito, dizia a mim mesmo, com certa presunção, que precisava dar um sentido mais "filosófico" ao meu talento. O problema é que essa pompa, que era estúpida, provinha da mesma fonte da minha ambição, que era legítima.

Até então, eu vivia sossegado e ninguém seria capaz de apontar em mim qualquer inquietude dessa espécie. O mais provável é que minha decisão tenha se formado aos poucos. Mas, não há como negar, os primeiros quadros de Morzek que vi empurraram para o lado meus escrúpulos e minha prudência. Foi num domingo, quando eu passeava com uma namorada. Passamos pelo jardim de um museu, parecia bonito lá dentro e ela sugeriu que entrássemos.

Havia dezenas de obras de uma dúzia de pintores. Havia seis quadros de Morzek. Não juro que fossem bonitos e logo adivinhei que Morzek era incapaz de desenhar tão bem quanto eu. Reconfortado por essa constatação, pude reconhecer que seus quadros provocavam certo tremor, uma apreensão vaga, e não só em mim. Minha namorada me explicou:

— Veja, Emiliano. Este é o pintor mais importante aqui.

Como ela podia saber? Talvez bastasse observar que os visitantes se detinham com mais atenção diante daqueles seis quadros. Mostravam-se reverentes e um pouco atônitos, como se pensassem: mas será mesmo isso que estou vendo? Aconteceu que era mesmo isso, e eu fitava seus rostos, examinava os quadros, e as duas coisas devem ter se juntado dentro da minha cabeça. Uma mistura ruim, não há dúvida. Mas, é preciso dizer e repetir, Morzek não tem culpa disso.

Segundo as indicações fixadas abaixo dos quadros, Morzek empregava pó de café para obter o sépia espesso que envolvia formas humanas, sempre incompletas. Pó de café. Fingi ter sido isso que mais chamou minha atenção e não resisti à tentação pueril de forjar piadinhas para entreter minha namorada. Ela ria, eu ria, e o gosto de café torrado salivava em segredo na minha boca, em uma antecipação das minhas decisões. Um metabolismo desconhecido me degustava. Em seguida, quando minha namorada me beijou, cheguei a ficar surpreso por ela não ter notado o paladar, o aroma, que eu já sentia me impregnar por dentro.

A bem da verdade, Morzek jamais foi o único a trabalhar daquele modo. Havia um grupo de artistas que, em seus quadros, faziam eco uns aos outros, em uma espécie de aliança de fracos. Talvez acreditassem que uma ilusão, de tão repetida, acabasse se tornando verdade. Ou talvez achassem que os erros de um pudessem se esconder atrás dos acertos de outro. Imitando-se mutuamente, buscavam na imagem dos outros a confirmação que eram incapazes de descobrir em si mesmos. Descuidado desses alçapões e desses cenários sem fundo, logo me deixei também arrebatar por aquela dança, aquela roda em que entrei tateando às cegas. Mas meu problema sempre foi Morzek.

Em duas semanas eu já estava produzindo quadros bem próximos daquele espírito. Ao mesmo tempo, incorporei o cafezinho aos meus poucos hábitos cotidianos. Segurava a xícara com ar de galhofa e, sozinho, sorria de mim mesmo. Hoje, não sei até que ponto era uma brincadeira e até que ponto já seria uma espécie de crime.

Antes de conhecer Morzek, vi seus quadros. Morzek também conheceu os meus quadros, antes de ver a mim. Talvez por isso nunca pudemos enganar um ao outro, como se faz normalmente. Na época, havia uma galeria anexa à Escola, administra-da pelo grêmio dos alunos. Dedicava-se a exibir obras de artis-tas novos, e a seleção ficava a cargo de uma comissão. Morzek fazia parte dessa comissão — eu sabia. Embrulhei meus qua-dros, enfiei no porta-malas de um táxi e entreguei-os num bal-cão da Escola.

Nunca fui muito expansivo. Mas, tempos depois, por um momento, minha mãe me viu de pé, em casa, no meio da sala, emitindo quase um uivo na direção do teto, brandindo os punhos no ar, logo depois de desligar o telefone. Meus quadros haviam sido aprovados e a exposição começaria dali a um mês.

Além de ficar no centro da cidade, o mais interessante daquela galeria era que a entrada dava direto para a rua. A mul-tidão passava espremida na calçada, rente à porta. A fim de se esquivar das pessoas, qualquer pedestre poderia deslizar um passo mais fundo para o lado e, sem querer, acabar entrando na galeria. Ali, esse estranho, repelido pela multidão, empurra-do por um erro, se veria então diante de uma fileira de quadros. Os meus quadros. Pelo menos, era o que eu imaginava. Eu ima-ginava tudo.

Eu mesmo arrumei os quadros nas paredes e a chave da galeria ficou comigo. Eu ia até lá de manhã, abria a porta, per-manecia ali o maior tempo possível e voltava, no final da tarde, para fechar de novo. Sentava atrás de uma mesinha e esperava que as pessoas entrassem.

Elas entraram. A intervalos irregulares, em um movimento imprevisível de fluxo e refluxo, as pessoas assomavam na por-ta, em uma espécie de susto, giravam de leve a cabeça para obter uma visão de conjunto e, em seguida, partiam em sua romaria, quadro a quadro. O ponto final, a Meca daqueles pere-grinos, seria eu mesmo, sentado atrás da mesa.

Mas nem Meca, nem Maomé, nem pedra sagrada. Quase sempre os visitantes voltavam para a rua sem me dirigir uma única palavra. Eu confundia turistas com peregrinos. Mas alguns me cumprimentavam, mostravam curiosidade pelo meu rosto, sem dúvida, jovem demais. Alguns poucos disparavam elogios tão repentinos que eu sentia minha face pegando fogo.

Assim, pela primeira vez tive contato com gente de galerias, colecionadores, artistas e críticos. Não me acanhei. Desde o início, tratei-os como iguais. No fundo, sentia por eles um desdém que, então, me pareceu inexplicável. Mas como poderia ser de outro modo se, pela primeira vez, eu estava diante de pessoas que pensavam da mesma forma que eu? Como eu deixaria de experimentar algum desprezo, se éramos iguais? Iguais ou pelo menos semelhantes o suficiente para que eu pudesse reconhecer a mim mesmo nas futilidades deles.

Porém, só mais tarde decifrei esse enigma banal. Na época, me esforçava apenas em controlar meus impulsos. O empenho em apagar do rosto qualquer traço daquele alvoroço invisível provocava, em mim, uma tensão que os outros acabavam confundindo com o nervosismo normal de um estreante. Ao mesmo tempo, me sentia grato àquelas pessoas, por não enxergarem aquilo que eu, a duras penas, mantinha abafado. Da gratidão, foi fácil pular para o afeto. Minha amizade continha, está claro, um pouco de veneno em sua liga original. Mas eles — os que seriam os meus amigos dali em diante — não se incomodaram com isso.

Quando não havia visitantes na galeria, meus quadros pareciam se inquietar, querer fugir. Meus olhos sentiam-se também atraídos pela rua, pela torrente dos pedestres comprimidos no gargalo da calçada. Na superfície das vidraças, eu podia contemplar o reflexo transparente de meus quadros, espectros suspensos no ar, vagando através dos corpos das pessoas. Os quadros voavam às cegas, tentavam retornar aos seus donos, procuravam em vão a silhueta onde sua sombra se encaixava. O vidro se interpunha como um filtro diante dos meus olhos,

14

revelando a verdade transparente. Meus quadros eram almas perdidas do corpo. Meus quadros não me pertenciam.

O prédio da Escola era uma construção magnífica, do tempo do Império. A luz do dia irradiava das clarabóias, deslizava pelo teto em forma de abóbada e fulgurava na solidez das paredes. As colunas se esticavam ao máximo para cima, em salões que a qualquer hora pareciam estar despertando. Réplicas, em gesso, de estátuas greco-romanas espreitavam os alunos, no alto de pedestais. Havia escadas de ferro com o piso vazado por uma malha de arabescos. A luz escorria através desses desenhos, fabricando um rendilhado de sombras que deslizava sobre a pele de nossos rostos. Por trás dessa máscara movediça, nossos sorrisos faiscavam com uma intensidade maior ainda.

Na Escola havia um entusiasmo que nunca cessava, como um motor ligado, palpitando por baixo do chão. Os corredores viviam agitados com idéias e novidades. As maiores extravagâncias sempre encontravam guarida e todos, uma vez ou outra, chegávamos quase a perder o fôlego, face à amplidão das expectativas que se estendiam para o futuro. No início da noite eu deixava a Escola num atordoamento delicioso, produzido por ressonâncias das conversas e das sensações do dia. Na manhã seguinte, meu primeiro impulso era voltar para a Escola o mais rápido possível. Rever os amigos. Ouvir e dizer loucuras.

Ao entrar na Escola deixávamos para trás o abafamento da rua. Provávamos no rosto o toque de uma aragem fresca, uma brisa doce que corria dos jardins internos do prédio, providos de plantas, repuxos, poços. O barulho de água caindo vinha sempre nos tranqüilizar. E logo traduzíamos aquele sussurro em termos de promessas para o nosso futuro.

15

Eu não tinha matrícula. Não tinha vínculo. Não devia trabalhos nem honrava horários. Assim, esse entusiasmo, essas promessas podiam agir sobre mim com maior liberdade e produzir efeitos mais drásticos do que nos demais alunos. Não digo isso para me desculpar. Morzek também não tem culpa. Entretanto não deixa de ser estranho que, nos sentindo assim tão alegres, tantos de nós insistíssemos no preto, no marrom, no sépia e no cinza. Terra, lama, pó de café, folhas queimadas, fuligem, serragem. O que buscávamos ao afundar nossos dedos em substâncias que, desde o primeiro contato, gelavam nossa pele?

Com tudo isso, não era de admirar que voltássemos nosso interesse para as técnicas de gravura. Nossas cores favoritas apontavam para o caminho da escada que levava ao porão. Lá embaixo, na oficina, Morzek girava as engrenagens da grande prensa alemã, fabricada havia mais de cem anos. Ao descer pela primeira vez aqueles degraus avistei, comprimida de encontro à parede, a sombra de uma criatura armada de hastes salientes e rodas com raios duplos. Um esqueleto que se dobrava e se movia aos arrancos, e estalava em uma espécie de esmagamento delicado. A fera estava comendo.

Feita de ferro fundido, seus pés pareciam enraizados nos veios da pedra de cantaria que formava o piso do porão. Havia uma solidez, um peso mineral na oficina, que nos estreitava como uma advertência: nos achávamos em uma estação do caminho que leva para debaixo da terra. O caminho de regresso para as origens, pensávamos. O gelo, o fogo, as imensidões de sombra e silêncio de onde tudo surgiu — pensávamos, simplesmente não conseguíamos parar de pensar.

O que primeiro chamou minha atenção em Morzek talvez tenham sido seus dedos. Ossudos, terminavam em pontas amareladas e levemente carcomidas por queimaduras de ácidos.

16

Cada junta parecia dotada de força própria. Pêlos negros e grisalhos se mesclavam em tufos espessos. Nas unhas ondulavam veios de mármore, sugerindo alguma antiga mineralização. Os dentes de Morzek, quando apontavam por trás do bigode, revelavam uma linha levemente serrilhada. Eu entrevia algumas pontas partidas, nódoas da cor de café, o limo que germinava no fundo de um poço.

Morzek usava um jaleco cáqui, com o emblema da Escola bordado no bolso na altura do peito. As abas do jaleco entreaberto balançavam para os lados quando ele caminhava. Seus movimentos eram enérgicos, mas só da cintura para cima, pois suas pernas aparentavam debilidade, um desenho fugidio por dentro de calças muito folgadas. Havia, nas pernas, certo atraso em relação ao tronco, a iminência de algum desequilíbrio, que nos deixava permanentemente sobressaltados.

Não era só o temor de que caísse. Na oficina de gravura trabalhávamos com pedras pesadas, ferramentas cortantes, lamparinas, fogo e ácidos. Mesmo diluídos, os ácidos provocavam queimaduras e exalavam gases de efeito tóxico. Era comum Morzek se esquecer de ligar o exaustor e, quando chegávamos, o ar da oficina feria de leve as narinas, dava certo enjôo.

Na verdade, a fama de homem relaxado dominara boa parte da imagem pública de Morzek. Ele não se importava e, às vezes, parecia até existir algo premeditado em seu desmazelo. Teria sido fácil, para Morzek, adivinhar que essa imagem, mais cedo ou mais tarde, reverteria em seu favor. Na oficina e fora dela não faltavam oportunidades para ele confirmar essa reputação. Mas, no fundo, sua displicência era sincera. Talvez até inevitável.

Sabíamos que Morzek estava doente. Sua velhice precoce comovia e ao mesmo tempo horrorizava. Ele não demonstrava o menor remorso por haver dissipado a saúde em troca de pra-

17

zeres arriscados e em troca, também, de algum outro tipo de satisfação menos tangível, que ele buscava e aprimorava todos os dias, entre as paredes de pedra da oficina.

Com alegria e bravatas divertidas que nos arrebatavam, Morzek zombava do risco, da saúde, da morte. Morzek cortejava o abismo. Era impossível deixar de admirá-lo. Quando caçoava dos próprios tremores e tonteiras, todos nós nos sentíamos fortes. Ao mesmo tempo, um fio de tristeza se infiltrava, correndo no fundo. Heroísmo e desastre inútil eram tintas misturadas.

— Pois é, estou ficando velho — dizia Morzek. — Mas sei me cuidar. Eu me cuido muito bem...

Com um sorriso afiado por trás do bigode, ele se abaixava e apanhava, sob a cadeira, um copo com alguma bebida forte. O líquido dourado cintilava na luz da oficina. Sua fosforescência de ouro e cristal contrastava com a espessura do nosso café, do nosso mate, das nossas graxas.

Morzek empunhava seu copo no ar com a emoção de uma captura e dizia que seu conteúdo era dourado "como a fruta do paraíso". Tempos depois, fui conferir na Bíblia se o fruto era mesmo descrito assim, dessa cor, e não achei nada. Apesar disso, para mim e para todos que o ouviam, o único paraíso que podia existir tinha frutos dourados, e Morzek estava lá.

Alguns anos mais tarde, quando Morzek já fora internado e, na verdade, já não existia mais aquilo que chamávamos Morzek, a Escola teve de abandonar o prédio velho. Mudamos para uma construção vertical, de oito andares, dois deles reservados para as instalações da Escola. Entre as últimas coisas a serem transportadas estavam a prensa alemã e o restante da oficina de gravura. Num sábado de manhã, um caminhão de mudança parou diante da Escola. Alguns carregadores, dois professores e nós, o pequeno grupo de estudantes que trabalhava na oficina, descíamos e subíamos do porão, trazendo nas mãos, cheios de zelo, as nossas relíquias.

Todos, mesmo os cuidadosos carregadores da firma de mudança, sentíamos que havia detritos de vandalismo em nossa tarefa. A prensa alemã jamais imaginou que, um dia, tivesse de abandonar o seu porão. Filetes de suor rolavam brilhando pela testa dos carregadores, que lutavam com ferramentas pesadas, no esforço de soltar a prensa do chão. Havia um século ela fora ferrada na pedra nua por meio de cravos compridos e com a ajuda de uma argamassa feita com cola de óleo de baleia. Quando afinal se desprendeu, a máquina pareceu se retrair um pouco por dentro. Algo em seus ferros murchou de leve quando a suspendemos do solo.

A prensa não podia ser desmontada pois ninguém saberia recompor seus pedaços. Foi preciso levá-la inteira, uma só peça, enredada por vários braços e cordas, até o caminhão. Nós, os mais jovens, ríamos e sem notar repetíamos o espírito fanfarrão de Morzek.

Entre as mãos que sustentavam a prensa estava a de Galindo, o aluno estrangeiro. A prensa conhecia aqueles dedos melhor do que os dos outros. Mas, da parte de Galindo, ao que parece, não havia o menor ressentimento em relação à máquina, nem a qualquer pessoa. Os médicos tinham feito um milagre. Exceto pelo dedo mindinho, mal se percebiam sinais do acidente. Pena que Morzek não tenha podido ver o restabelecimento de seu aluno. Àquela altura, e de um outro modo, eu também já estava curado.

Meu mal se chamava Morzek. Meus quadros e minhas gravuras não eram meus. Pressenti desde o início, e mesmo assim não conseguia deixar de fazê-los. Nem podia imaginar o que seria de mim fora do preto, do sépia, longe do pó de café que se entranhava no vão e na carne embaixo das minhas unhas.

Eu gostava de contemplar as pontas dos meus dedos adquirindo também, pouco a pouco, a mesma coloração sépia. Orgulhava-me daquele sinal inscrito sobre meu próprio corpo graças ao convívio com ácidos, solventes e tintas. De propósito, não me empenhava em limpar de forma adequada a pele das extremidades dos dedos. Fora da Escola, pensavam que eu fumava muito, interpretando aquilo como manchas de nicotina. E o desconhecimento dessas pessoas me infundia ainda mais orgulho. Eu trazia nas mãos o cunho de uma casta mais alta e secreta. Com essas ilusões complicadas eu talvez tentasse apenas desviar meu pensamento. Fugir de uma certeza importuna, que se insinuava nas curvas da minha sombra, nos músculos da minha nuca, assim que eu voltava os olhos para a direção errada. A certeza de que meus quadros não me pertenciam.

Houve alguém que enxergava tudo isso, já na época. E, sem dúvida, via também o futuro de Morzek. Dona Beatriz, a vice-diretora da Escola, dedicava a mim uma atenção peculiar. A seu modo, ela via o nosso futuro. Seus olhos me sondavam de longe, por trás do esguicho das fontes dos jardins internos da Escola. Com discrição, dona Beatriz ia registrando meus progressos, os desvios que eu escolhia e os avisos que eu deixava passar em branco. Com cuidado para não parecer impertinente, dona Beatriz no íntimo sonhava me alertar, fazer que eu despertasse do meu sono. Mas na verdade nem esse sono era meu. Dona Beatriz sabia que a sutileza era indispensável, pois, ao menor sinal de intromissão, eu fugiria assustado. Via-nos, em geral, como animais ariscos que vinham se refrescar em seus jardins. Também nisso dona Beatriz tinha razão.

Ela se esforçava em manter os jardins viçosos, limpos, agradáveis aos nossos sentidos. Por trás de seu zelo havia a intuição da importância dos jardins internos da Escola para a nossa formação. Procurávamos naturalmente o frescor das sombras e das fontes nos intervalos, ou nos horários das aulas a que não queríamos assistir. Sentado num banco de madeira, eu voltava os olhos para cima e via os ramos de uma árvore escorrendo contra o céu. Via a cor escura, o brilho negro e esponjoso que a chuva havia deixado num tronco ou num galho mais grosso. Via o sol sumir por trás do beiral formado pela ponta das telhas do segundo andar. Quando uma ou outra ponta de telha quebrada me lembrava a linha dos dentes de Morzek, eu desviava os olhos.

Dona Beatriz falava pouco. Uma vez me apontou os peixes coloridos que, pouco antes, mandara soltar na fonte daquele jardim. Carpas. De cores ardentes, cores sem moderação, sem segredos. Suas escamas fulguravam em ondulações de brasa, embaixo da água limpa.

— Você não acha admirável, Emiliano? Essas cores no fundo da água?

Eu olhava e, mais que tudo, via o borrão do reflexo do meu rosto dançando na água trêmula. Ela quase sempre parecia estar falando de outra coisa. Mas falava de mim, de Emiliano. E de um poço cheio de carpas.

Morzek era pródigo em seus afetos, mas não havia no mundo coisa alguma que ele amasse mais do que a prensa alemã. Consagrava seu amor com uma liturgia de gestos e palavras meio burlescas, camufladas de farsa, mas que nem por isso deixavam de comover e inspirar certa reverência, um sentimento de fé que podia se tornar sufocante. A prensa era o seu ídolo; a oficina, a capela de um culto. Morzek emocionava a todos, quando repetia:

— A prensa, o prelo! É preciso ter sempre em mente a sua origem: as máquinas em que homens rudes esmagavam azeitonas para fabricar azeite. Onde prensavam uvas para fazer jorrar o vinho.

E, diante de nossos olhos, Morzek levantava bem alto o copo contendo alguma bebida alcoólica luminosa e forte, num gesto ritual de consagração. Em seguida, bebia o corpo e o sangue da prensa.

Tempos depois, já não me bastavam as horas do dia. A fim de aproveitar a noite, aluguei um quarto com pia numa casa de cômodos e ali fui me instalando aos poucos para trabalhar. O lugar era precário, mas servia aos meus fins. Não era raro entrarem morcegos por uma janela e saírem por outra, depois de exercitarem seus desenhos repentinos, esvoaçando rente ao teto. Lá fora, gatos miavam. Eu escutava o alarido dos lixeiros recolhendo os sacos de lixo e, a seguir, o caminhão se afastando entre roncos e soluços do motor. Felizmente, a televisão dos vizinhos ficava longe do meu quarto e eu nada ouvia daquele lado da casa.

Era bom ficar sozinho. Era bom que fosse de noite. Embora esquemática e portadora de um simbolismo mais ou menos óbvio, logo intuí que essa divisão me favorecia. Dia e noite. Eu chegava ao meu ateliê trazendo no espírito as reverberações do dia na Escola. Mas eu não queria ecos, e sim os sons originais. Queria gritar com a minha própria voz para que os corredores, os muros, as montanhas ecoassem à vontade. Se o dia era de Morzek, a noite podia ser de Emiliano. Mas, às vezes, quando Morzek bebia mais do que o costume, eu chegava a sentir a cabeça titubear, como se o álcool fluísse direto para o meu sangue. Não bastava querer. Não bastava procurar. A vontade não era tudo. E na época eu nem sequer tinha idéia de que queria alguma coisa.

As carpas empolgaram dona Beatriz. Eu mesmo experimentei sua sugestão colorida. Sentado no banco de madeira, eu fitava as estátuas de ferro que o esguicho da fonte banhava sem parar. Tentava fixar minha atenção no brilho e na massa cor de chumbo, cor de ardósia, dos pequenos corpos nus e molhados. Porém, sem querer, meu olhar logo baixava para o poço. Ali, de longe, eu entrevia um ou outro deslizamento dos peixes riscando ondulações de chamas dentro da água.

Depois de verificar as condições do jardim, dona Beatriz sentou-se a meu lado. Cumprimentou-me pelo nome: Emiliano. Perguntou se eu conhecia a história do artista que virou carpa. Uma iniciativa inusitada, da parte dela. Não era de falar muito. Fiquei confuso e curioso. Mas também alerta, pronto para escapar a qualquer momento.

Noite após noite eu seguia, isolado de tudo, em meu ateliê. O tom de meus quadros repetia as cores noturnas, lá fora. Meus desenhos transcreviam a noite em pó de café, em preto, em lama e cinzas. Pouco a pouco, sem perceber, fui comprando tubos de tinta de outras cores, que iam se acumulando num canto da mesa, fechados. Nem passava pela minha cabeça desatarraxar as tampinhas. Mas, em uma espécie de transe, eu continuava a comprar. Um ou dois de cada vez. E ia pondo as bisnagas de parte, juntas umas das outras, na ala mais distante da minha ampla mesa de trabalho.

Às vezes, bem tarde, eu sentia fome. Pelo telefone, pedia que me trouxessem uma pizza e, pouco depois, ouvia o motor da motocicleta metralhando junto à calçada. Abria a caixa de papelão e, ao levantar o papel impermeável que recobria a pizza e que sempre ficava um pouco grudado no queijo e no molho, eu estremecia de um modo familiar. Um absurdo, mas não havia dúvida. Quase a mesma sensação, a mesma expectativa nervosa que eu provava na hora de desprender o papel colado à matriz de uma gravura, depois de passar pelo abraço da prensa. O momento de conferir a prova de meu trabalho.

Eu me atirava, com os dentes, ao sol amarelo e ao vermelho sangüíneo que a pizza irradiava na noite. Uma fome, um apetite tão feroz que não poderia vir apenas do estômago.

Havia um artista que adorava pintar carpas. Muitas vezes, pegava um barco e saía pelo lago, atrás dos pescadores, para comprar os peixes que eles haviam capturado e os soltar de novo na água. De tanto pensar nas pinturas, de noite ele sonhava que vivia no fundo do lago, ao lado dos peixes. Um dia, adoeceu. Piorou muito. Acharam que estava morto, mas notaram um vestígio de calor em seu peito e resolveram adiar seu sepultamento.

Três dias depois, o pintor despertou. Diante das pessoas assombradas com a sua ressurreição, ele contou que fora carpa, por três dias. Aconteceu que, no último dia, não resistiu à tentação de um anzol balançando com uma isca na ponta. Foi pescado, trazido para a terra, vendido para o sacerdote da aldeia, que ia almoçá-lo naquele mesmo dia. Enquanto o cozinheiro do sacerdote amolava o facão, o pintor tentou gritar para o homem, explicando que era ele que.estava ali, o pintor, seu conhecido, mas o cozinheiro parecia não ouvir. Quando a lâmina começou a atravessar suas escamas e penetrar em seu corpo, o pintor acordou.

Muitos riram de suas fantasias. Mesmo assim, tempos depois houve quem lembrasse que o sacerdote havia, de fato, almoçado uma carpa naquele dia.

Anos mais tarde, o pintor veio a morrer de verdade. Ao se despedir dos amigos, fez um pedido. Quando estivesse morto, queria que os amigos lançassem nas águas do lago um dos seus quadros com a imagem de uma carpa. Ao anoitecer, impelida pelo vento, a tela subiu no ar e pousou de leve na superfície do lago. Pouco depois, quando a água a empurrou de volta para a margem, os amigos do pintor constataram que a tela havia ficado em branco, de novo. Alguns deles garantiram ter visto uma carpa nadando, muito afoita, ali perto.

A parte menos consistente de Morzek eram suas pernas. Mas não foi por isso que ele passou a mancar, na fase que antecedeu o fim. Talvez pudesse ter acontecido com qualquer um. Afinal, os azares governam nossa vida. O exaustor ficava desligado, os vidros de ácidos e solventes não se achavam no lugar adequado, pedras e ferramentas aguardavam, na beirada das mesas, sua chance de cair. Morzek punha à prova a boa vontade da sorte. Brincava de esticar ao máximo a linha do acaso.

Nós o advertíamos, temíamos por ele. Admirávamos aquela bravura gratuita, sem outro mérito senão os riscos que ela mesma inventava para si. Às vezes, tínhamos a impressão de que Morzek desprezava um pouco a vida, talvez enciumado por saber que ela estava fugindo tão depressa de seus braços, de suas mãos.

E das pernas também. Tênues, quase indistintas por dentro das calças de um brim grosso, ainda mais endurecido por ser pouco lavado. Aos nossos olhos, suas pernas constituíam pouco mais do que uma hipótese. Foi necessário um teste com ácido para a hipótese se confirmar.

Com um estilete, ele desenhava sobre uma chapa de cobre. A ponta de metal esfolava o verniz que revestia o cobre, perseguindo as formas dos pesadelos de Morzek. Em um ponto da mesa, mais adiante, um pequeno vidro de ácido nítrico mal fechado esperava o sinal. Por fim, sem notar, o braço de

Morzek derrubou o vidro. O ácido começou a verter através de uma fenda da tampa. Um córrego minúsculo avançou sobre a mesa, devagar, em ziguezague. Ao tocar a beirada, o ácido hesitou um pouco e tombou, gota a gota, em intervalos demorados. Direto sobre a calça de Morzek, na altura da coxa.

Quando chegamos, após o almoço, Morzek estava no mesmo lugar, ainda trabalhando. A queimadura tinha se tornado séria e foi preciso levá-lo ao hospital. Mais tarde, ele explicava que havia percebido o problema. Não logo no primeiro instante, é verdade, nem sequer na primeira meia hora, talvez. Mas Morzek, mesmo depois de cortar o fluxo do ácido, continuou com a mesma calça ainda certo tempo, pois não quis interromper o trabalho. Queríamos acreditar que a sua explicação era verdadeira. Mas talvez ele já houvesse bebido demais, muito embora o acidente tivesse ocorrido ainda de manhã.

Ao voltar do hospital, encontrei dona Beatriz. Ela perguntou por Morzek. Tudo isso faz muito tempo e posso me enganar. Mas creio ter notado na voz dela essa espécie de simpatia melancólica que concedemos às coisas perdidas, sem remédio. Quando relatei o que havia ocorrido, me senti envergonhado, sem entender por quê.

Passamos ao lado das réplicas das estátuas gregas e dona Beatriz achou oportuno me lembrar que admiramos suas colorações leitosas, marmóreas, tal como elas ressurgiram do fundo das escavações. Esquecemos — disse ela — que, na origem, eram imagens coloridas, em cada fio dos cabelos e das roupas. Em cada canto dos olhos e das unhas.

Eu devia estar um pouco atordoado com o acidente de Morzek. Dona Beatriz adivinhou minha fraqueza, minha momentânea necessidade de distração, e passou ligeiro das estátuas para a história do concurso dos pintores gregos, Zêuxis e Parrásio.

Ela gostava de coisas antigas. Queria voltar nossos olhos para outras direções. Em segredo, nós, os alunos, zombávamos dela. Fazíamos pouco da sua lentidão, da sua aparente modorra, dos seus passinhos curtos demais, de sua mania com os jardins. Escarnecíamos da sua velhice como se fosse um engano que jamais poderíamos cometer. Mesmo circunscrita aos jardins internos da Escola, talvez ninguém ali enxergasse mais longe do que dona Beatriz. Nossa presunção, nossos entusiasmos valiam tanto quanto um punhado de pó. Talvez ela quisesse nos preparar para o dia em que o vento virasse e, de forma inevitável, soprasse esse mesmo pó contra os nossos olhos.

Zêuxis pintou uvas tão perfeitas que os passarinhos começaram a bicá-las. Certo de que já tinha vencido o concurso, Zêuxis pediu a Parrásio que puxasse a cortina que encobria ainda uma parte do quadro. Mas aconteceu que a própria cortina era uma pintura de Parrásio, e Zêuxis teve de reconhecer que havia sido derrotado.

Será que eu poderia ter prevenido alguém e, assim, evitar o pior? Algo acontece e logo a seguir a memória investe com seus pincéis, suas tintas. Tanto pode nos favorecer, quanto nos incriminar. Como aquilo que é fiel e verdadeiro logo nos parece apenas óbvio, obediente, previsível demais, nos sentimos atraídos pela mentira, pela deturpação. Quem pode puxar a cortina que cobre as uvas?

As janelas da oficina de gravura eram estreitas e ficavam no alto. Dos pedestres que passavam na calçada, víamos apenas os pés e as canelas, fugindo em linhas diagonais. Às vezes, o vento empurrava uma folha através das grades e ela vinha pousar perto da prensa. Indiferentes a esses acenos do mundo lá fora, girávamos a roda, puxávamos a manivela, e a base da prensa deslizava, com um rangido de ossos, tragando a matriz com o papel esticado por cima.

Operar a prensa exigia atenção. Mas, de tanto repetir os mesmos movimentos, é natural que nosso cuidado relaxasse um pouco. Talvez confiássemos demais na prensa, nos dentes de suas engrenagens, na mordida de seus parafusos. Sua constância secular e a lealdade do ferro fundido talvez aplacassem, em nós, dúvidas que insistíamos em trazer para o porão.

Morzek ainda mancava um pouco. Bebia cada vez mais. Galindo era o aluno estrangeiro, nem sempre entendíamos o que dizia. Nem sempre ele nos entendia. Por sua vez, Morzek às vezes falava coisas desencontradas. Mas era o seu jeito mesmo. Nem tudo provinha da bebida.

É possível que Galindo quisesse conferir, uma vez mais, a posição da matriz, antes de rodar a prensa. Balbuciou duas ou três palavras que não formaram sentido algum em meu ouvido. Morzek pilotava a prensa e comandava a parte que chamamos leme. Eu me achava ao lado da máquina mas olhava em outra direção, observando a matriz que outro aluno preparava sobre a bancada. Sempre saliento esse detalhe quando recordo e explico para mim mesmo o episódio. Sem dúvida, me apego a isso de forma um pouco exagerada. Pois mesmo assim, com o canto do olho, eu poderia ter visto onde estava a mão de Galindo.

Pior ainda. Hoje, ao relembrar o fato, chego a ver sua mão com toda a nitidez, deslizando num arranque para baixo da prensa. Chego a rever Morzek distraído, com o olhar toldado pela bebida, tomando impulso para pôr a máquina em movimento.

Pode ter havido um instante, uma fração, um grão de areia em que as linhas se cruzaram no ar: a mão de Galindo, o impulso de Morzek, o canto do meu olho. Se foi assim, tive a chance de avisar e, quem sabe, impedir. Esse é o tipo de coisa que a memória poderia muito bem inventar mais tarde, a fim de punir minha desatenção. Mas, depois do acidente, Morzek se afastou de mim. Mesmo em Galindo eu pressenti, a partir desse dia, uma sombra de frieza e incompreensão.

É verdade que Morzek perdeu a razão logo em seguida. É verdade que Galindo era estrangeiro e, com ele, nunca sabíamos direito o que se passava. Quantas vezes repisei esses argumentos e voltei a moer a mesma semente? O fato, em si, nem sequer teve maiores conseqüências. Na verdade, custou certo tempo, mas a mão de Galindo foi restaurada por cirurgiões e serviu, afinal, para aprimorar a formação de toda uma turma de estudantes de medicina. O destino de Morzek, por sua vez, já se achava determinado desde muito tempo. O acidente pode, no máximo, ter precipitado o desfecho.

Por que procuro extrair à força a minha parcela de responsabilidade em um fato no qual nem sequer tomei parte? Se vi de relance a mão de Galindo e o impulso de Morzek, o que me teria levado a não avisar, a não impedir? Em um intervalo tão curto, seria possível que outras coisas, além daquilo que eu simplesmente enxergava, passassem pela minha cabeça?

Parece leviano supor que eu tivesse tempo de imaginar a desmoralização de Morzek, prever o seu afastamento, a sua ruína, e calcular que, de algum modo, isso me traria algum benefício. Tão ligeiro e sem sequer estar olhando direito naquela direção, como eu poderia fazer meu pensamento ser esmagado pelos rolos da prensa, provar o delírio do álcool e do arrependimento, resumir tudo em uma cifra redonda e tomar, por fim, uma resolução? Talvez tenha também resvalado pelos meus olhos uma visão do futuro. A visão de mim mesmo, emancipado de Morzek.

Ouvi o grito de Galindo. Fazia muitos anos a prensa não via uma cor viva e palpitante como aquela, o vermelho encharcando o papel, tingindo o ferro, respingando o chão de pedra.

Fui eu que, de um salto, tomei o controle da prensa e a fiz girar ao contrário. Diante do que vimos, não acreditamos que Galindo jamais voltasse a ter o uso da mão. Morzek, sem dúvida, deve ter pensado da mesma forma. Deve ter pensado que havia bebido demais. Deu alguns passos para trás. Derrubou, sem querer, o copo que estava no chão. Nada disse, nem nos ajudou quando socorremos Galindo e o levamos para o hospital.

Após isso, durante certo tempo, ninguém quis chegar perto da prensa, como se ela fosse perigosa. Sem nada dizer uns para os outros, no íntimo, todos fazíamos força para não pensar que a ameaça, na verdade, era Morzek. E apenas eu, em segredo, suspeitava que o perigo podia ser também Emiliano.

Nesse período, a oficina ficou esquecida. Mas a situação não durou muito. Vários meses mais tarde, depois de complicadas cirurgias, ali estava Galindo, tocando violão ao lado da prensa. As melodias estranhas de seu país reverberavam nos cantos do porão. As cordas de metal do instrumento retiniam, com alegria, sob a pressão de suas unhas novas, reimplantadas. E Morzek não podia mais ouvi-lo.

Não pode ter sido muito depois disso. Uma noite especial, no meu quarto alugado, em uma casa de cômodos. A torneira da pia pingava sobre a louça suja em uma cadência entorpecedora, que tendia a imobilizar o tempo. Havia meses aquilo me aguardava, desde o dia em que entrei no ateliê pela primeira vez. Esteve sempre ali, naquele quarto, à minha espera. Era preciso que o mundo lá fora deixasse de existir e, junto com ele, tudo o que eu via, ouvia e pensava. Era preciso que também Emiliano deixasse de existir.

No canto mais afastado da mesa vi uma irradiação colorida se propagar dos tubos de tinta fechados, nos quais eu jamais tocara. O ar em volta da mesa ardeu sob a forma de cor. Nem por um momento supus que se tratasse de uma alucinação. Naquela noite, compreendi a possibilidade infinita de combinar e recombinar as formas com todas as cores, e de fazer no papel, na tela, no ar, apenas aquilo que eu quisesse. Meus olhos se abriram. Meus desenhos viraram cor e eu ria, ria de felicidade.

AS PALAVRAS SECRETAS

O eremita se alimenta de neblina. Matias resvalou a sola do pé na água, atento às vozes que explicavam como vive e se alimenta o eremita. Matias era pequeno e acompanhava a mãe até aquele ponto do rio, onde as mulheres se reuniam para lavar roupa. Elas cantavam, conversavam e, de tempos em tempos, se ouvia um pano molhado estalar com força de encontro a uma pedra. Ali, pela primeira vez, Matias soube que a fome e outras vontades do corpo eram feitas da mesma matéria que a fumaça.

Era mais fácil falar dos eremitas do que ver um deles. Na verdade, os olhos daquelas mulheres jamais haviam surpreendido um eremita. Diziam que tempos atrás alguém teria encontrado uma pegada fora do comum na terra fofa da margem do rio, em algum ponto a duas horas de caminhada dali. Diziam que o corpo do eremita era tão leve que não deixava rastro. Mas a argila encharcada, onde o pé de uma criança afundaria um palmo, havia cedido ligeiramente, menos de um dedo, na verdade, apenas o bastante para gravar a inscrição de um pé descalço.

Sentado na beira da pedra, Matias resvalou de novo os pés descalços na superfície do rio quase parado. Provocou ondulações, círculos que se esticavam mais e mais no curso vagaroso da água. Só a neblina não deixava rastro. O certo é que ninguém jamais vira um eremita, e uma pegada era pouco, muito menos do que um pé. Com o tempo, Matias aprenderia que a existência dos eremitas não dependia de uma prova, não requeria a fiança de um corpo nem o testemunho de uma sombra. Os eremitas existiam ao preço de não estarem nunca em lugar algum.

De tanto procurar e não descobrir, de tanto perseguir e fracassar, Matias também viria a aprender que aquele era o privilégio de tudo o que é invisível. Aprenderia depois a reconhecer o gosto e o cheiro de traição que eles deixavam para trás, no ar vazio.

No interior da gruta, não havia contorno ou ranhura na rocha que ela já não conhecesse. Não existia, na pedra, saliência ou nervura cujo desenho ela não tivesse explorado, nos anos incontáveis em que estava ali. Para ela, nada era novo na concavidade da gruta, e o seu tédio tinha a extensão de muitas vidas.

Em seu confinamento, ela chegava a aguardar com ansiedade uma gota de água que minava do calcário, no teto da caverna. Através das camadas de rocha, ela pressentia sua aproximação com dias de antecedência. Acompanhava o avanço da umidade, que vencia os poros da pedra, tomava pouco a pouco a forma de uma gota, ganhava peso e despencava, por fim, ao encontro da terra ressecada. Em um instante desaparecia, sorvida pela aridez da poeira no solo da gruta.

Logo no início do percurso entre o teto e o chão, ela se infiltrava na gota, comprimia-se no interior da sua bolha. Tomava emprestado o seu corpo e ali, por trás da pele transparente da água, experimentava o impulso da queda e do fim. Mas era breve demais aquele vôo, mal servia para iludir o seu tédio. Na gota, ela nada encontrava, senão um sabor distante de sal e vagas refrações de luz colorida.

Assim, logo depois voltava a vagar em sua cela. Com paciência, aguardava a chegada de outros visitantes, que ela também conhecia e até admirava, havia muito tempo. Visitas que traziam a vantagem de suas impurezas, de sua matéria menos constante, desigual: nem simples pedra, nem água pura.

Às vezes, de manhã bem cedo, um lençol de névoa pairava a meio metro do chão. Deslizava entre as árvores e cortava Matias ao meio, na linha da cintura. Tiritando de frio, o menino mal enxergava os pés descalços, que tocavam a relva ainda úmida da madrugada. Matias observava o nevoeiro se esgueirar depressa para o fundo da mata e da terra, fugindo da manhã. Para sua surpresa, Matias imaginava os eremitas recolhendo a neblina em armadilhas de caça, que eles mesmos teriam montado, à noite. Imaginava os eremitas agarrando com a mão os restos de vapor e trazendo-os à boca.

Toda manhã, naquela hora, Matias e seu irmão entravam na floresta a fim de verificar se as armadilhas do pai haviam apanhado algum animal. Cada um seguia uma direção diferente, conforme as ordens do pai. Laços estreitos, molas, buracos no chão. As armadilhas eram sempre as mesmas e Matias se admirava ao ver que os animais, noite após noite, nada aprendiam dos seus artifícios. A repetição era uma lição estéril.

Sem perceber, Matias também se repetia, e se mostrava surdo à sua própria lição. Todas as manhãs, até que os últimos restos de neblina tivessem desaparecido, Matias teimava em manter a esperança de encontrar um eremita na floresta. Assim que avistava alguma teia de vapor que a neblina deixara para trás, emaranhada nos ramos de um arbusto, Matias prendia a respiração e se abaixava, à espreita, oculto no mato.

Como eram criaturas muito leves e seus passos quase impalpáveis, Matias deduziu que o silêncio indicava a passagem dos eremitas. O silêncio havia de ser o passo em falso que os delatava. Em meio aos ruídos da mata o menino tentava distinguir manchas de silêncio, na expectativa de que um eremita andasse por perto. Assim, a floresta parecia atravessada por círculos de diversas caçadas, de diferentes tipos de fome: seu pai repetia velhas ciladas para os animais, os eremitas preparavam armadilhas para apanhar a neblina, Matias sonhava um ardil para encontrar um eremita. Mais tarde, Matias chegaria a acreditar que aquelas linhas se cruzavam e que alguma armadilha, preparada dessa vez para ele mesmo, podia estar aguardando no entroncamento daqueles círculos.

Mas, apesar de todo o seu esforço, Matias nada descobria. Consolava-se raciocinando que certos animais também raramente se deixavam ver, exceto quando presos no laço ou apanhados atrás da portinhola de grade que se fechava com o estalo de uma dentada. Não fosse isso, esses animais podiam muito bem passar como se nunca tivessem existido.

Os animais melhores, aqueles cuja carne ou pele tinham algum valor, eram levados para o mercado da aldeia, onde o pai os vendia. Os outros serviam para novas armadilhas, ou se desmanchavam na espessura dos caldos que a mãe preparava em uma panela de barro. Na mesa, diante da sua tigela fumegante e sem que os outros notassem, Matias experimentava no rosto o resvalar da fumaça, a densidade do vapor e dos aromas, antes que se dissipassem no ar. Imaginava que, desse modo, uma parte do animal ainda escapava da armadilha, ainda se salvava da panela e do fogo. A parte que interessava aos eremitas.

Como quase todos os pensamentos de Matias, a fumaça, os eremitas e a neblina eram segredos. Sobretudo para o pai. Raras vezes o pai ficava na companhia de Matias e do seu irmão. Ainda assim, parecia dotado da capacidade de adivinhar o que os meninos pensavam e faziam, mesmo quando se achavam sozinhos, longe dele. Era perigoso até olhar para o pai, e Matias conhecia menos as feições do seu rosto do que o aspecto de suas mãos e de suas pernas. Sempre de cabeça baixa, o menino interpretava a tensão do punho e o relaxamento dos dedos do pai como outros liam na expressão do rosto o sentimento de uma pessoa.

Quando voltava da ronda das armadilhas trazendo menos animais do que o pai esperava, Matias puxava de volta os fios dos seus pensamentos e se concentrava nos eremitas. Acreditava que o pai não o alcançaria naquele refúgio. Matias acompanhava com atenção os sinais das mãos do pai: os dedos se contraíam num retesamento de serpente, a veia inchava um pouco mais, a unha se tingia de roxo ou empalidecia de modo repentino. Pensar nos eremitas produzia a sensação de que Matias enfiava a cabeça em um buraco, forrava seus pensamentos com uma névoa de sono, tudo para o pai não poder adivinhar que ele, naquela manhã, havia soltado algum animal da sua armadilha.

Acontecia que, às vezes, o animal caía preso mas não se machucava, ou seu ferimento era tão ligeiro que poderia voltar para a floresta sem perigo. Não era muito comum, mas perdizes, cutias ou lebres, enquanto arranhavam as unhas nervosas na terra, podiam olhar para Matias como se estivessem apenas à espera dele para serem libertadas.

Naquela hora, o clarão alaranjado do sol acendia as árvores de baixo para cima e o céu era uma espécie de água turva deslizando no alto, por trás das folhas. Ao chegar à armadilha, Matias se admirava por encontrar nos olhos do prisioneiro a saudação de um conhecido. Às vezes, um bafo de brisa vinha arrepiar as folhas caídas no chão e Matias, por um momento, com um susto que logo se desfazia, chegava a surpreender nas feições da vítima traços da sua própria fisionomia.

Solto do laço ou da gaiola, o animal não se afastava tão depressa como seria de esperar. Quase ao alcance da mão de Matias, a criatura punha à prova os movimentos do corpo, como se desfizesse câimbras ou reanimasse membros dormentes. Depois, Matias notava que o animal ainda permanecia um instante ali, numa espécie de dúvida. Às vezes Matias chegava a ter a impressão de que a vítima ponderava se devia voltar ou não para a armadilha. Só então o animal se esquivava para dentro do mato. Ou batia as asas e se afastava, num vôo raso, por entre os galhos das árvores.

De alguma forma, o pai pressentia um segredo. Sondava em silêncio o pensamento de Matias e do irmão. Os dois garotos adivinhavam no pai a disposição de ser enérgico, mas ainda tinham dúvidas da sua aptidão para se mostrar inteiramente cruel. A vida ali não era fácil. Os filhos sabiam que o pai se esgotava no trabalho, nas caminhadas até a aldeia, e Matias, no fundo, tinha de se sentir um pouco culpado diante dele por haver soltado uma presa da armadilha.

Sem que o assunto jamais houvesse sido mencionado entre os dois, o irmão às vezes ajudava Matias. Desfazia-se de algum animal capturado a fim de ocultar, do pai, a desigualdade entre os resultados das duas séries de armadilhas.

— Foi noite de sorte para os bichos, pai — dizia o irmão, se antecipando a Matias e mostrando a sua cota também reduzida.

O pai sabia muito bem que as noites eram todas iguais. Investigava o pensamento dos dois irmãos mas logo se perdia naquele labirinto de cumplicidade e engano. Enfim, xingava os dois meninos, sacudia o ombro de um, empurrava a cabeça do outro. Apanhava os bichos mortos e se afastava com rancor, mas também, e sem saber por quê, com certo orgulho dos filhos.

———————————

Nas paredes de pedra há escaninhos abertos pela erosão ou pela mão de homens cuja memória se misturou ao pó da gruta. Alguns daqueles compartimentos contêm rolos de pergaminho ou de couro de boi. De tempos em tempos, ela penetra nos escaninhos e verifica o estado dos rolos. Confere os sinais gravados na sua superfície e constata como vão se apagando e como isso é inevitável. Ela se aflige um pouco, pois ali se encontram suas lembranças, o seu legado, a experiência de suas visitas mais raras. Sensações tão intrincadas que ela teme, com o tempo, esquecer e confundir as cores daquele fogo.

Desorientado, um mosquito de repente atravessa a entrada da gruta. De um só golpe, ela se apodera do inseto. Saboreia o sobressalto nervoso, a sofreguidão dos instintos. Avalia o ardor da sede, a contração da fome, o latejar ritmado de fluidos no interior do corpo minúsculo. Prova o cansaço, a força, experimenta o medo e o pressentimento da morte. Mantém o mosquito preso na gruta o maior tempo possível. Joga com os limites da sua vontade e com o furor da sua incompreensão. Por fim, desliza para fora do inseto, de volta ao que era — um vôo sem corpo. O mosquito, ao se ver livre, trata de fugir zumbindo espirais exaustas, e atravessa a entrada da gruta para o lado de fora.

Vibrando, admirada com suas observações, com os sentimentos nervosos que conheceu e que ainda parecem ressoar no interior da gruta, ela se surpreende mais uma vez ao se dar conta de que isso também vai passando. Também isso vai desaparecer, abafado pela rigidez das pedras. Pouco a pouco, ela retorna ao repouso e à expectativa de sempre.

Do lado de fora, imóvel no centro do céu, o sol estica uma cortina de luz sobre a boca da gruta. Para ela, o mundo é pequeno. Termina ali. Mas o seu tempo não tem fim.

Na primeira vez em que viu Conrado, Matias verificou se a terra afundava com a marca de suas pegadas. Sem demora, percebeu que as sandálias de couro escreviam no chão a moleza dos passos que o homem largava na estrada. Estampavam na terra o peso do saco que ele sempre trazia pendurado no ombro. Um pouco decepcionado, Matias logo se convenceu de que Conrado não podia ser um eremita.

Sem casa, família ou profissão, Conrado levava uma vida de andarilho. A chuva o encontrava encolhido sob telheiros abandonados e, à noite, adormecia sob o beiral de qualquer casebre que surgisse em seu caminho. Estendia uma cuia na direção das janelas e sentia-se satisfeito em comer o que lhe dessem.

O pai de Matias o detestava e Conrado evitava passar pela estrada quando ele estivesse em casa. Em segredo, a mãe explicou a Matias que Conrado e seu pai eram primos e haviam começado a vida juntos, muitos anos antes. Matias fingiu entender, embora soubesse que isso não explicava coisa alguma. Ouvia com secreta admiração todos os comentários sobre o modo de vida de Conrado. O andarilho falava de cidades e montanhas que ninguém conhecia, falava de línguas e animais de que ninguém tinha a menor notícia. Conrado pegava no sono e acordava na hora em que sentia vontade. Escolhia seu caminho sem a preocupação de ter de chegar a algum lugar determinado.

Meses se passavam antes que a figura de Conrado voltasse a surgir outra vez no final da estrada de terra, caminhando na direção da casa de Matias. De longe, suas sandálias cantavam na poeira. O menino o observava quase escondido atrás dos mourões da cerca, enquanto ele vinha descendo pelo caminho. O seu interesse não podia deixar de chamar a atenção de Conrado e logo atiçou sua vaidade de homem livre. Após se certificar do tipo de curiosidade de Matias, Conrado combinou conversas secretas com o menino, em um recanto afastado, no terreno atrás da casa.

Ali, Conrado falava das terras que visitara, das pessoas que conhecera, e mostrava alguns objetos que trazia no saco. A primeira coisa que Matias perguntou, quando tomou coragem de falar, foi se ele já tinha visto um eremita. Conrado dissimulou a surpresa, enrolou e guardou de volta no saco o couro de cobra que estava mostrando ao menino, antes de responder:

— Neste mundo, ninguém viu um eremita. Quem disser que viu, está mentindo. — E, após uma pausa: — O eremita se alimenta de neblina.

— Eu sei — retrucou Matias, rápido demais. E pela primeira vez, com a voz agitada, falou a respeito de suas buscas na floresta, perseguindo a neblina da manhã. E falou até da maneira como deixava o vapor da sopa subir deslizando na pele do seu rosto.

Na visita seguinte, meses depois, Conrado retirou do saco um pedaço de bambu, que servia de estojo. Abriu uma das extremidades e retirou de dentro do cilindro um papel enrolado. Conforme explicou, todo mundo sabia que os eremitas liam e escreviam usando sinais como aqueles, gravados sobre o papel grosso. Mas Matias nunca tinha ouvido falar de nada semelhante. Deslizou o dedo de leve na superfície crespa do papel. Admirado, Matias pensou encontrar ali a vaga brancura da neblina.

Após algumas visitas de Conrado, e sem que o pai desconfiasse, Matias havia aprendido a ler e escrever, como imaginava que um eremita devia saber. Tempos depois, lançando mão do papel que Conrado deixava, Matias já se mostrava capaz de redigir uma ou outra frase completa. Expunha, para si mesmo, seus conhecimentos e suas conjeturas sobre os eremitas. Na maioria das vezes, se limitava a erguer listas de palavras. Recolhia nomes de coisas de algum modo ligadas às suas suspeitas sobre os eremitas. Extraídas, na maior parte, das conversas de Conrado, as listas acabaram tomando a forma de um catálogo, de uma fórmula, cujo motivo e significado só Matias conhecia. Quando lidas na seqüência adequada, as listas funcionavam como um resumo dos relatos do andarilho.

41

Ao percorrer as listas, Matias podia trazer de volta à vida ventos tão repentinos e carregados de tanta poeira que, em pouco tempo, cidades inteiras terminavam cobertas e, após uma única noite, vales podiam amanhecer transformados em montanhas. Com a ajuda das listas, Matias ressuscitava neblinas tão espessas que, durante vários dias, os habitantes de uma cidade se mostravam incapazes de encontrar o caminho da própria casa e, vagando perdidos, acabavam dando por si em aldeias distantes, já dentro da casa de algum estranho. Atravessando uma ou duas frases apenas, Matias era capaz de evocar exércitos formados por milhares de homens e animais que, durante a noite, atravessavam pradarias extensas sem serem ouvidos e sem deixar rastro.

Habituado e mesmo conformado à incredulidade e ao desprezo, Conrado não podia deixar de se comover com o entusiasmo de Matias. Face à atenção do menino, ele se rendeu ao amor-próprio por tanto tempo adormecido, sem dar atenção aos critérios que levavam Matias a registrar algumas coisas e excluir outras. Bem cedo, Conrado parou de conferir o que Matias anotava em suas listas. Dava-se por satisfeito em comprovar a afeição do rapaz.

Uma vez preenchida toda a superfície do papel, Matias o enrolava e guardava em um estojo de bambu, como vira Conrado fazer. Embaixo da esteira onde dormia, Matias escavou um buraco e ali passou a esconder os estojos. Com o correr do tempo e a multiplicação dos bambus, foi preciso ampliar a cavidade. Matias agia do modo mais discreto possível. Mantinha a abertura estreita e, assim, a pequena câmara subterrânea foi se expandindo como um túnel de toupeira. Quando ninguém estava olhando, Matias se estirava no chão e enfiava o braço inteiro no buraco, até o ombro, para poder alcançar os últimos redutos dos estojos de bambu. Com a mão tateando às cegas, Matias conferia se tudo estava em ordem.

A certa altura, Conrado compreendeu que Matias já não era criança e, um dia, retirou do saco um punhado de tabaco. Ensinou Matias a fumar com um cachimbo, também feito de bambu. Indicou que ervas seria preciso mascar depois de fumar para que o cheiro da boca não o denunciasse diante do pai.

A partir daí, sempre que possível, Matias se ocultava em um ponto da floresta munido de cachimbo e papel para escrever. Seu lugar favorito era uma depressão do terreno, ao pé de um rochedo coberto de limo. As trepadeiras pendiam em volta, de um lado a outro, em semicírculo, criando na floresta um aposento isolado. O sol vazava no intervalo das folhas e grãos de luz ardiam sobre o limo esverdeado.

Com interesse, Matias acompanhava os desenhos da fumaça que sua boca exalava. Muito mais do que o sabor do tabaco, era isso que ele apreciava. Seguia os cordões e flocos de fumaça que vagavam, se adensavam e se rompiam no ar. Matias observava até o último instante, enquanto eles fugiam quase desfeitos, escorrendo por entre as folhas das trepadeiras ao redor.

Empenhado em aprimorar sua letra e acertar a escrita, Matias mal conseguia, a cada vez, completar algumas poucas palavras sobre o papel. De vez em quando soprava uma baforada para o alto e via as folhas tremerem de leve, riscando sinais sem sentido na fumaça que corria.

———————

Através dos estratos de rocha, ela percebe o movimento de um dos homens que, de tempos em tempos, vêm habitar nas cavernas em volta. Ela sabe como agem. A grandes intervalos, um deles entrará na gruta e renovará a tinta do tinteiro — um recipiente entalhado na superfície de uma laje, a meia altura, que serve de mesa.

Sem interromper seus balbucios monótonos, o homem verificará se os demais instrumentos de escrita se encontram em bom estado. Se faltar espaço nos pergaminhos ou nas tiras de couro de vaca e de carneiro, há duas omoplatas de boi, em cuja face plana também se pode escrever. O homem levará consigo um ou dois rolos escritos e, semanas depois, os trará de volta para os escaninhos na rocha.

Esvoaçando no interior da gruta, em uma agitação exagerada, ela se limitará a resvalar na pele, na carne e nos ossos desse visitante. Com um sobressalto, o homem sentirá apenas um sopro correr na superfície do seu pensamento, sem descer mais fundo. Desse modo ela deixa claro que continua ali, como sempre esteve. Confirma a antiga fidelidade, repercute a firmeza da pedra ao redor. E aguarda a próxima criatura capaz de fazer uso dela e do que há em sua gruta.

De manhã, como de costume, Matias entrava na floresta, atravessava as últimas franjas da neblina e repetia a colheita das armadilhas. Com o tempo, o fracasso da caçada aos eremitas terminou por encurralar seu pensamento. Sem que Matias percebesse, sua vontade paralisada havia cedido lugar ao rancor. Matias passou a ir ao encontro das armadilhas, ávido para se apoderar dos animais, enfiá-los no saco e trazê-los para o pai. Já não passava pela sua cabeça a idéia de libertar nem uma vítima.

Foi mais longe ainda: a fim de impedir a fuga ou a recuperação dos animais, Matias sugeriu ligeiros aprimoramentos nos mecanismos das armadilhas. Como, ainda assim, alguns animais conseguiam escapar, Matias criou novos dispositivos, mais eficazes. Mesmo aos olhos do pai, aquelas astúcias inspiravam certo temor, embora exteriormente ele admirasse e aplaudisse o engenho do filho. Na verdade, todos sabiam que o pai montava suas armadilhas conforme o avô havia ensinado. E este, por sua vez, aprendera a lição muito antes, com o próprio pai ou avô. Essa cadeia de fidelidade não podia ter sobrevivido sem adquirir o peso de uma lei.

Mas talvez não fosse apenas por isso que as novidades de Matias causassem apreensão no pai. Na mola da armadilha costumeira, Matias encontrou um jeito de fixar uma lâmina afiada. Correndo rente ao chão, ela ceifava um semicírculo de capim ao mesmo tempo que decepava as pernas da ave aprisionada. Para o caso de presas mais fortes, Matias elaborou um sistema de hastes articuladas, que se fechavam a meia altura e partiam as pernas da lebre ou da cutia. Criou um mecanismo de cordas e laços que, ao se fecharem, erguiam a vítima, num só impulso, a cinco metros de altura. Ao nascer do dia, a luz do sol encontraria o corpo do animal ainda oscilando contra o fundo das árvores, de cabeça para baixo, ou mesmo estrangulado.

Em pouco tempo, Matias não se contentava mais com as armadilhas do pai. Acrescentou a estas as suas próprias criações, estendendo a série, ampliando as fronteiras da caçada cada vez mais fundo na floresta, segundo um roteiro que só ele conhecia. De volta da ronda da manhã, seu irmão acompanhava, aturdido, a contagem dos animais de Matias. Alcançava às vezes quase o dobro do número das suas capturas. Não havia mais noite de sorte para os bichos.

O pai, como sempre, tentava sondar os pensamentos de Matias. Com facilidade, distinguia na mudez do filho uma exaltação de triunfo com a captura dos animais. Ao mesmo tempo, o pai pressentia um movimento mais pesado e retraído, no fundo. Talvez uma reserva exagerada de vitalidade, ou o desenho de um pensamento que tinha receio de se completar. De uma forma ou de outra, o pai farejava algum perigo.

Embora Matias já tivesse crescido bastante, ainda evitava olhar direto para o rosto do pai, preferindo manter os olhos voltados para as suas mãos. Diante do pai, Matias talvez tentasse,

45

a essa altura, abafar e esconder até de si mesmo a idéia dos eremitas. Debruçado sobre a tigela de sopa fumegante que a mãe lhe estendia, Matias carregava para a boca colheradas indiferentes. Empenhava-se em não dar atenção à fumaça que se esgueirava para dentro de suas narinas. Simulava não se dar conta do vapor que subia deslizando por entre os fios de seus cabelos.

Com o passar do tempo, as armadilhas já não bastavam. Cresceu a vontade de perseguir ele mesmo os animais e apanhá-los onde estivessem. Munido de flechas e de uma atiradeira de pedras, agora Matias se insinuava na floresta com a noite ainda escura. Empenhado em dissolver seu peso e seus movimentos na maré noturna das sombras, Matias vagueava atento a tudo. Um pio abafado. O lampejo de um par de olhos. Um chiado na relva seca, rente ao chão. O tremor de um vulto na massa de folhas, contra o fundo do céu.

Ouvia-se, então, o breve assovio da flecha seguido de um baque escuro. O ganido, o alvoroço de folhas mexidas e o silêncio. Ou então a pedra partia da atiradeira e voava sem ruído. Seu impacto emitia uma nota mais grave. Depois um intervalo e, em surdina, toldado pelo estofo de penas, o choque do corpo da ave contra o chão.

Matias ganhava cada vez mais terreno na floresta, suas flechas e pedras alargavam mais e mais o raio de sua caçada. Quanto mais avançava, mais bichos tombavam à sua volta. Esquilos, sagüis, morcegos pareciam buscar a morte ao cruzar seu caminho. Raposas, ratos grandes e tatus mal tinham tempo de esboçar uma fuga e Matias os alvejava mortalmente. Em uma única investida, Matias agora abatia tantos animais que o saco já não comportava todas as suas vítimas e ele abandonava os corpos espalhados pelo mato. Na floresta, nas últimas horas da noite, nada podia chiar ou se mexer, mesmo que fosse uma folha, um ramo tocado pela brisa, sem provar o corte das flechas e a dureza das pedras de Matias.

Por outro lado, com o tempo, seu costume de se esconder munido do cachimbo e de uma folha de papel perdeu o ímpeto. Agora, raras vezes se ocultava junto à pedra coberta de limo e, em geral, nada escrevia. Na maioria das vezes, nem sequer tentava escrever. Limitava-se a soltar baforadas distraídas do cachimbo, repetindo uma espécie de ritual já quase vazio. Desenrolava as folhas do papel grosso e sua atenção deslizava a esmo pelos degraus das listas. Com freqüência cada vez maior, Matias se admirava ao deparar com sílabas que já não conseguiam repercutir qualquer som preciso em sua mente. Via-se surpreendido por palavras inteiras que pareciam haver esquecido o próprio significado.

Nesse meio tempo, porém, o pai conseguira chegar a uma conclusão. Com olhos vigilantes, todos os dias ele lançava uma rede sobre o filho. O grosso da vida escorria pelos buracos da sua atenção, mas uma ou outra concha com arestas mais salientes acabava presa nas linhas entrelaçadas e, após certo tempo, esses fragmentos começaram a compor algum sentido. O pai sabia que se tratava ainda de uma história incompleta. Em todo caso, havia ficado claro para ele que Matias se ocultava em algum ponto da floresta para fumar.

Como seu filho já não era um menino, a irritação do pai durou pouco: afinal, na idade de Matias, não podia ser tão inadmissível que um homem fumasse. Mas a desconfiança do pai não era uma sede que metade de um perdão pudesse saciar. No início com orgulho, mas logo depois com o choque de uma ofensa, o pai se convenceu de que o filho ia se tornando também adulto, como ele mesmo. O final repentino da infância surgiu aos olhos do pai com a força de uma mentira desmascarada. Rompendo por um instante sua dissimulação, os anos afinal se revelavam como aliados do filho. Para o pai, o tempo havia tomado a forma de uma traição.

O pai preferiu manter silêncio a respeito daquele hábito secreto de Matias. Tinha certeza de que logo chegaria a hora de descobrir outros segredos mais arriscados, mais dignos da sua suspeita. Enquanto aguardava, resolveu incumbir Matias de tarefas novas, adequadas à sua idade. Às vezes, os criadores precisavam de homens para conduzir pequenos rebanhos de cabras até os territórios onde se encontravam compradores melhores. O percurso levava alguns dias e atravessava uma região quase desértica, nos arredores de um lago verde. A água do lago era morna e tão salgada que, ao tocar a boca, chegava a queimar os lábios.

No ponto mais árido do trajeto, se estendia um areal da cor do grafite. O sol despejava o calor em jatos e as nuvens morriam devagar, no alto, desfiando tranças compridas. Ali, quanto mais se olhava para cima, mais o céu parecia fugir para o fundo, numa espécie de vertigem. Depois de certo tempo o viajante preferia manter os olhos baixos, a fim de não se sentir esmagado pelo vazio que pressentia avolumar-se acima de sua cabeça.

Quase no centro do areal, se erguia o desfiladeiro. Era formado por rochedos roídos de alto a baixo por sulcos e rugas verticais. Um labirinto de galerias, correndo entre paredões escarpados, entrecortava a parte mais funda do desfiladeiro. Mesmo de longe, ainda das margens do lago, se avistavam alguns pontos negros nas muralhas de pedra. Quem passasse mais perto veria que se tratava da boca de grutas afogadas em sombras. Elas se espalhavam por toda parte, em um número difícil de calcular. O viajante mais atento notaria que a luz do sol rebatia com força nos rochedos sem jamais alcançar o interior das grutas.

Toda vez que entregava um rebanho aos cuidados de Matias, o pai o prevenia da necessidade de contornar o desfiladeiro. Com o desvio, o percurso se tornava bem mais longo, mas o pai se mostrava intransigente. Ainda era capaz de endurecer a voz, apontar um fio de faca no olhar. Fazia questão de deixar claro que aquele era um local proibido para o filho. Alegava, com certa razão, que seria fácil perder algumas cabras no emaranhado das trilhas do desfiladeiro. Mas sua insistência e um tremor, que a voz do pai não conseguia abafar de todo, deixavam transparecer outro tipo de perigo mais obscuro, adormecido no fundo das suas frases entrecortadas. Matias sabia que a mesma advertência era repetida pelos mais velhos a todos os que levavam rebanhos por aquele caminho, mas o peso da proibição do pai parecia se concentrar especialmente em Matias.

Na primeira viagem, ele contornou o desfiladeiro. O sol se refletia com força na areia e nas pedras. Os passos de Matias e das cabras desprendiam do chão uma bruma de poeira. Mesmo coberto por um manto grosso, Matias sentiu a pele em brasa e as narinas arderem, e viu o lábio rachar. Na vastidão rasa do deserto, as horas se arrastavam. A areia fendia-se com um chiado sob as patas das cabras. Através das ondulações de calor que subiam do solo, Matias contemplou várias vezes o desfiladeiro que recuava, ao longe.

Para abreviar o percurso e o seu desconforto, ou para satisfazer o gosto banal de infringir uma proibição do pai, Matias, na segunda viagem, resolveu atravessar o desfiladeiro. Na verdade não teve tanta dificuldade em manter as cabras juntas, mas foi obrigado a admitir para si mesmo que se perdeu mais de uma vez nas galerias estreitas. Mais de uma vez notou que voltava a pisar sobre as próprias pegadas.

Talvez isso não tivesse acontecido com tanta freqüência se Matias não se distraísse, admirando a imagem das escarpas à sua volta. Imaginava compridos golpes de um garfo ou de um pente, enquanto observava as gretas que corriam na superfície das pedras, do topo até o chão. Nas saliências da rocha, um ou outro cardo tentava florescer, eriçando seus espinhos. Por todos os lados apontavam os bocejos negros das grutas.

Essa foi a primeira vez. Daí em diante, quando o pai o encarregava de conduzir um rebanho, Matias nunca mais voltou a tomar o desvio pelo deserto.

Enquanto percorria as trilhas sinuosas do desfiladeiro, ao lado das cabras, Matias acabou inventando uma forma de se distrair: para exercitar a pontaria, tentava acertar pedras na boca das grutas. Raramente atingia o alvo, pois as grutas ficavam muito acima, enviesadas, e Matias lançava as pedras quase sem ângulo. Elas ricocheteavam nas saliências da rocha até perder a força e depois desciam, quicando pela encosta, espirrando lascas e cuspindo borrifos de poeira. Às vezes, com um baque cansado, as pedras vinham tombar de volta junto aos pés de Matias.

Logo ficou claro, para ele, que a dificuldade tornava o passatempo mais estimulante. Matias não quis nem mesmo repelir a sensação de que as grutas se esquivavam de suas pedradas. Chegou a reconhecer, graças às pedras que arremessava, que havia uma curva aliciadora no vão de sombra das cavernas. Desse modo, aquele jogo repetido tinha de produzir um efeito semelhante a um contato físico, e acabou criando uma espécie de intimidade entre Matias e o corpo do desfiladeiro.

Matias já não se importava de ficar perdido nas galerias. Chegava a apreciar o sentimento de desorientação que às vezes experimentava no emaranhado de sombras e atalhos. Como tinha tempo de sobra, preocupava-se apenas em manter as cabras juntas e acertar as pedras dentro das grutas. Ainda de longe, ao avistar a barreira de rochas emergindo na linha reta do deserto, Matias começava a catar pedras. Media na mão o peso e o formato, escolhendo aquelas mais propícias para um bom arremesso.

Assim, para Matias, essas viagens correriam bem tranqüilas, não fosse o sobressalto em que às vezes acordava, de manhã. No seu pesadelo, via-se vagando sem rumo em uma floresta infestada por armadilhas perfeitas, preparadas pelos avós de seus avós, que espreitavam atrás das árvores. Matias abria os olhos de repente, sentindo que despencava num fosso. Em volta, encontrava apenas as cabras deitadas sobre as pernas encolhidas. A intervalos, ressoava de leve o sino de lata que uma delas trazia atado ao pescoço.

Certa vez, no coração do desfiladeiro, a pedra partiu da mão de Matias com uma espécie de efeito. O trajeto em meia curva levou-a a entrar direto em uma das grutas. Antes que Matias tivesse tempo de comemorar seu êxito, deteve-se espantado com o ruído que se propagou pelos rochedos. Da boca da gruta desceu um rumor contundente, de rachaduras, estilhaços e cascas partidas. O som reverberou um pouco mais nas galerias, quebrando restos de consoantes que o vento veio espalhar.

Matias hesitou. Olhava ora para a gruta no alto, ora para as cabras a seu lado. Dessa vez, a pedra não desceu de volta rolando. Matias ouviu o sino de lata da cabra líder tilintar de raspão, e repetir em seguida a sua nota de sono. Tirando proveito da hesitação de Matias, ela guiava o rebanho para uma sombra. Ao ver as cabras protegidas do sol, reunidas junto ao paredão de pedra, Matias teve a impressão de que elas se mostravam dispostas a esperar. Muitas chegaram a deitar sobre as pernas dobradas e relaxaram o pescoço em uma posição de repouso, enquanto as moscas dançavam em volta de suas orelhas. O movimento circular e contínuo da mandíbula das cabras marcava o tempo com paciência.

Após outro minuto de relutância, Matias livrou-se do saco que trazia nos ombros e começou a galgar a encosta. As saliências tornaram a escalada menos difícil do que parecia à primeira vista. De vez em quando, riozinhos de areia corriam ao lado dos seus dedos. Os pés e as mãos de Matias tateavam com uma familiaridade inesperada as curvas e reentrâncias da rocha. Mesmo assim, chegou arfante à entrada da caverna.

Deteve-se a meio passo da abertura. Suas pupilas vacilaram entre a espessura da sombra na gruta e o clarão metálico do sol. Incapaz de enxergar o interior da caverna, Matias também perdia um pouco a noção das imagens do lado de fora. Mesmo assim, junto a seus pés, enxergou alguns estilhaços. Sem dúvida o efeito da pedra que havia jogado.

Rente ao vão da entrada da gruta a sombra descia vertical, talhada de um só golpe pelo sol. Em contraste com a claridade do dia, ela riscava no chão e no ar uma fronteira quase palpável, barrando o caminho de Matias. Uma barreira que ele, por instinto, achou melhor respeitar. Mantendo o nariz a menos de um palmo do limiar da sombra e sem nunca ultrapassar essa fronteira, Matias dirigiu sua atenção para o interior da gruta. Aos poucos, chegou a distinguir estilhaços em número tanto maior quanto mais fundo sua visão alcançava.

O suor ferveu na sua testa, encharcou as sobrancelhas, pingou grosso na ponta do nariz. Matias compreendeu o que havia no fundo da gruta. Largos rolos de papel ou material semelhante, formas que reconheceu com um susto, pois ele mesmo possuía em casa coisa parecida.

A seguir, olhou para uma área mais próxima da entrada. Queria saber o que sua pedra havia quebrado. Matias concentrou-se nos fragmentos maiores dispersos pelo chão da gruta. Mentalmente, tentou encaixar de novo alguns pedaços, recompor o desenho das linhas partidas. Na coloração leitosa, nas curvas e concavidades polidas, Matias adivinhou uma omoplata de boi. Em seguida, percebeu traços que não pertenciam ao osso mas se alojavam nele, algo que não podia pertencer a um boi, e descobriu sinais gravados na face mais lisa da omoplata.

A distância e a escuridão rechaçaram seu primeiro esforço para identificar os sinais. Por isso, baixou os olhos à procura de um fragmento mais próximo, até achar um caco de osso caído rente à parede da gruta. Dos pés de Matias até o osso não se estendiam mais de dois palmos de sombra. Naquele momento, no fundo da caverna, a massa de sombras deu a impressão de pulsar, de querer crescer, comprimida entre as paredes de pedra. Matias se pôs de cócoras, sempre tomando cuidado para não encostar na sombra. Ali mesmo de onde estava, procurou na lasca de omoplata letras conhecidas. Tentou lembrar as lições de Conrado, sem saber se era capaz, ou se ainda tinha esse direito. Persistiu e, de repente, percebeu que já estava lendo: "Estas são as palavras secretas".

O resto, sua pedrada tinha feito em pedaços.

O retinir distante do sino de lata desviou sua atenção. Matias olhou para baixo por um momento e viu que a faixa de sombra onde as cabras se abrigavam havia se estreitado bastante. Como os animais se mostravam inquietos, Matias achou melhor descer antes que alguma cabra se afastasse e sumisse. Ao chegar lá embaixo, tentou guardar na memória, da melhor maneira possível, a localização daquela gruta. Não era fácil, pois havia muitas outras ao redor. Além disso, as cabras se agitavam, impacientes para seguir caminho.

Na volta para casa, como de costume, Matias viajou sozinho, sem cabras. Pensou em reencontrar a gruta, mas avistou nuvens com o volume de montanhas se aglomerando no fundo do horizonte. Matias entendeu que precisava andar depressa para evitar o perigo das tempestades daquela região. Atravessou o desfiladeiro sem praticar pontaria com as pedras. Pela primeira vez, procurou um percurso o mais próximo possível da linha reta, e deixou a gruta para a viagem seguinte.

53

Para a família, a ausência de Matias criava a sensação de que havia surgido um cômodo novo na casa, abria um vão na rotina dos seus corpos. Sem Matias em casa, em alguns momentos a roda dos dias girava em falso. Por esse desvio, através dessa falha, o pai contava poder enxergar mais alguns segredos do filho. Mas foi a mãe quem chamou sua atenção para o buraco embaixo da esteira de Matias. Assustada, ela apontou a toca para o marido e disse que o filho estava criando uma cobra, em segredo, dentro de casa. O pai examinou as bordas do buraco e logo concluiu que não devia se tratar de uma cobra. Mas ainda não soube determinar o que era.

Sempre um pouco apreensivo em relação a tudo o que viesse de Matias, o pai vasculhou a toca com uma vara. Soprou fumaça para dentro do buraco durante mais tempo do que parecia necessário para forçar algum bicho a sair de lá. Deixouse inebriar com seu excesso de cuidado, pois a cautela e a minúcia eram também uma forma de ódio. Só depois disso tomou coragem para enfiar a mão no buraco.

Um a um, retirou os cilindros de bambu. Com as costas coladas à parede de barro, a mãe contemplava os seis estojos perfilados sobre o chão de terra, sem coragem de se aproximar. O pai, depois de se certificar de que não havia mais nada na pequena cova, bateu nos bambus com o nó dos dedos. Sacudiu-os um a um junto à orelha e, afinal, descobriu uma tampa na extremidade de cada estojo. Quando o pai tentou desenrolar os papéis, que teimavam em se enroscar em torno dos seus dedos, a mãe percebeu que se tratava de algo pior do que criar uma cobra dentro de casa.

Nem ela nem o pai sabiam ler. Não conheciam pessoa alguma capaz de ler ou escrever, nos arredores da casa e mesmo na aldeia. Depois de observar as letras com atenção, o pai só conseguiu reconhecer o frêmito de uma coluna de formigas nas pernas ásperas dos caracteres e na imobilidade de suas antenas. Guardou os rolos de volta nos estojos e os estojos de volta no buraco. Ordenou à mulher que não contasse a ninguém o que haviam descoberto. Nem o irmão de Matias teve notícia daqueles rolos, até poucos dias depois. Até ver a fumaça subindo por trás da casa.

Certa manhã, quando Matias estava fora, seu irmão entrou na floresta para recolher os animais nas armadilhas. Pouco depois, entreouviu um ganido à distância. Vinha do lado onde Matias montava suas ciladas. Na verdade, o gemido provinha mais de dentro, da parte mais funda da floresta, não exatamente da área onde todos supunham que Matias caçava. O irmão hesitou, temeu desviar-se da sua tarefa. Mas o gemido, por mais abafado que soasse, se repetiu com uma insistência incômoda. O irmão resolveu procurar a sua origem.

Avançou com cuidado. Por estranho que pareça, nunca havia trilhado aquela parte da floresta, não sabia onde Matias ocultava suas armadilhas. A todo instante parava a fim de tatear um terreno suspeito ou erguia mais um pouco a cabeça para determinar a direção de onde continuavam a vir os gemidos. Quanto mais avançava, mais aquele som ganhava o timbre de um apelo quase humano. Quando percebeu que se avizinhava da fonte do ruído, as folhas das árvores começaram a se dispersar, imitando o movimento de um cardume de peixes que foge para os lados quando avançamos em sua direção. Então ele viu, a uns cinco metros do chão, um homem pendurado de cabeça para baixo. Com as pernas enroscadas e torcidas num emaranhado de cordas e laços, o homem emitia um ganido estrangulado e acenava com braços murchos em sua direção.

A princípio, o irmão se assustou. Perguntou a si mesmo o que seria aquilo que Matias andava caçando, agora. Mas a seguir se recompôs. Entendeu que era preciso retirar o homem de lá. Raciocinou também que seriam necessárias duas pessoas para que a vítima pudesse se ver livre da armadilha sem correr o risco de cair de mau jeito e quebrar o pescoço. Voltou atrás o mais rápido que pôde, a fim de chamar o pai. Juntos, pai e filho conseguiram descer o homem, já quase sem sentidos. Mesmo assim, o prisioneiro ainda conseguiu balbuciar o nome do pai, ao vê-lo mais de perto. O susto do irmão de Matias se repetiu em dobro, logo depois, quando ouviu também o pai pronunciar, com uma ponta de irritação, o nome famoso de Conrado, a quem o rapaz até então nunca tinha visto.

O filho segurou as pernas de Conrado enquanto o pai o sustentava por baixo dos braços. O homem desmaiou algumas vezes, ao longo do trajeto até a casa. Nos intervalos, palavras sem sentido borbulharam em sua boca. O nome de Matias pareceu vir à tona mais de uma vez, deixando o irmão em dúvida, sem saber se tinha ouvido bem, enquanto o pai ficava ainda mais desconfiado. Em casa, deitaram Conrado sobre uma esteira. Enquanto ele ainda se achava sem sentidos puderam ver a que ponto suas pernas se haviam torcido. Mesmo que a febre dos próximos dias não o matasse, mesmo que o afluxo de sangue na cabeça não o deixasse louco, estava claro que Conrado nunca mais voltaria a caminhar como antes.

Sem demora, o pai mandou o filho de volta para cuidar das armadilhas. Depois, por dois dias e duas noites, não saiu do lado do primo. Não permitiu que ninguém se aproximasse enquanto lhe aplicava os remédios e o forçava a ingerir as poções que conhecia. Ao final desse período, e sem que a febre estivesse de todo extinta, o pai já sabia das conversas de Conrado com Matias. Compreendeu que o filho era capaz de ler e escrever. Inteirou-se do conteúdo dos estojos de bambu, soube da curiosidade de Matias a respeito das viagens de Conrado e, por fim, descobriu seu interesse pelos eremitas.

Para o irmão de Matias, o primeiro sinal dos cilindros de bambu foi a fumaça que viu subir por trás da casa. O pai reunira todos os bambus e papéis no terreiro e ateara fogo. Alisando as pernas doloridas, meio mortas, Conrado erguera um pouco o tronco na esteira em que estava deitado. Através da janela, contemplava a fogueira arder, ouvia o fogo crepitar.

Enquanto as fibras secas dos bambus estalavam entre as chamas, o irmão colhia os comentários que os outros deixavam escapar à sua volta. Embora ouvidos por alto e com meias palavras, o irmão reuniu o bastante para concluir que eram coisas que pertenciam a Matias. Pensou em chegar perto da fogueira, mas o pai vigiava, impaciente, dando a impressão de que até o fogo poderia traí-lo, caso se descuidasse por um instante que fosse. Em face do tremor alaranjado das labaredas, o pai parecia conter uma exultação de triunfo, um contentamento sem sentido, pois havia muito tempo já se persuadira de que o filho, bem ou mal, estava perdido.

O irmão não compreendeu quando ouviu, às suas costas, a voz de Conrado. Achou que ele tinha mesmo perdido a razão. O andarilho murmurou, e repetiu em palavras quebradas que uma parte de Matias ainda se salvava naquela fumaça, nos fios brancos que se desatavam dos bambus no fogo.

No final daquele mesmo dia, quando Matias chegou, linhas de fumaça ainda subiam vacilantes por trás da casa. Ele tinha o pensamento voltado para a gruta e para as palavras secretas. Por isso não deu muita atenção ao pressentimento que acudiu, quando avistou de relance a fumaça e farejou um ardor de queimado que não era o das fogueiras comuns.

Ao chegar à casa, viu a mãe de cócoras, de costas para ele, arrancando as penas de um pato morto, com puxões violentos. Do lado oposto, junto à parede, viu a mão de alguém esboçar um aceno na sua direção, viu o homem pálido numa esteira, coberto com uma pele de cabra. Antes que Matias entendesse que se tratava de Conrado, o pai entrou pelos fundos, segurou o filho pelos ombros e rugiu que aquela loucura estava queimada, a vergonha que Matias havia escondido embaixo do chão da sua casa, e que agora a casa estava limpa e que Conrado, o andarilho, nunca mais poderia caminhar pelas estradas e campos por causa das armadilhas inventadas por Matias, e que era isso, só isso o que o seu filho viera lhe dar quando, afinal, se tornara um homem.

Outras palavras rodaram sob o teto de palha da casa sem que Matias conseguisse, daí para a frente, acompanhar seu sentido. Entreviu, pelo vão da porta dos fundos, as cinzas dos seus escritos ainda fumegando na terra morna. Com o canto dos olhos percebeu a mãe emudecida, agarrada ao pato morto. Sobre a esteira, no outro lado, o homem ainda acenava com a mão, num gesto vazio, sem rumo. Era fácil adivinhar que se tratava de Conrado, e Matias voltou para lá sua atenção. Os lábios do homem estremeciam, tocados pelo sopro de sílabas frouxas, que desenhavam, quase sem som, a frase repetida:

— O eremita se alimenta de neblina.

Em seguida, Matias se desvencilhou das mãos do pai, sacudindo os ombros, dando um passo para trás. Voltou as costas para ele e deixou a casa. Calcando os pés com força sobre a estrada de terra, entendeu que o pai estava certo. Soube que a mãe estava certa. Tudo no mundo era bom e certo e, diante dele, cada pedra, cada árvore, todos afinal tinham razão. O único enganado era ele mesmo. Ruim era o que ele fazia e pensava. Matias era o grande erro. Porém, como o pai havia queimado as suas listas e destruído os seus escritos, considerava-se livre de qualquer outro compromisso. Afinal, Conrado também tinha razão.

Matias tomou o rumo da floresta e, em sua pressa, sentiu os ramos batendo na cara e nos olhos. Uma a uma, ele se pôs a desmontar suas armadilhas. Ainda soltou uma cutia e um lagarto rajado de verde, mas foram os últimos. Não queria mais caçar, não queria mais libertar animais enganados. Adormeceu num galho de árvore, sonhou com o deserto e, pela manhã, tomou a direção do desfiladeiro.

No mesmo instante em que o seixo atravessou a linha de sombra na entrada da gruta, ela disparou para o coração daquele fragmento de granito. Comprimiu-se na dureza do núcleo, provando as curvas dos veios internos. A seguir, deleitou-se em explorar a superfície polida da camada exterior da pedra, desfrutou a velocidade cega do seu vôo através da gruta. Excitou-se ao ver que, naquela direção, ia de encontro à omoplata de boi. Uma experiência nova, enfim, pelo menos até onde podia lembrar. Afinal, sua memória não conseguia abarcar todo o tempo que sua duração abrangia.

Ainda no ar, adivinhou o choque e suas conseqüências, mas quando ele de fato ocorreu, trouxe surpresas. O impacto no centro, o jorro de estilhaços ao redor, a sensação de ter destruído aquilo que ela mesma havia ajudado a criar. A imobilidade que se seguiu tornou aquela pedra tão banal quanto todas as outras. Em compensação, o grande número de estilhaços criara, na gruta, formas ainda desconhecidas, que poderia explorar por algum tempo, a fim de se entreter.

Mas pouco depois ela pressentiu, do outro lado da entrada da gruta, alguma coisa se agitar. O volume de alguma presença tortuosa e difícil. Na expectativa de que aquilo afinal entrasse, ela se inquietou na escuridão, irritada mais uma vez por viver tolhida num espaço tão restrito. Entendeu que a caverna, de algum modo, estava sendo vasculhada, de fora para dentro. Uma intenção sem corpo incidia sobre o interior da gruta e ela tentou se apossar daquilo, mas em vão. Era o mesmo que querer apalpar o curso da brisa. Em seguida, a presença se tornou mais fraca e logo depois se foi.

A extensão do seu tédio se media em muitas vidas, e ela não soube quantas vidas depois o homem irrompeu da orla de sombra para entrar de chofre na gruta. Após resvalar nos poros da pele e deslizar no fluxo agitado do seu sangue, em um giro que correu o corpo dos pés à cabeça, ela escorreu, de um jato, para o fundo do homem. Expandiu-se em ramificações que buscavam, em um único impulso, lembranças, pesadelos, ódios, crimes e gritos, ao longo de túneis que pareciam nunca chegar ao final. Ela exultou com o sabor daquela agitação compacta, em que muitas vidas pareciam comprimidas num tempo tão curto. Arrebatada pelo sobressalto, pela força nervosa que descobriu ali dentro, ela se deu conta de que a sua gruta parecia mais viva, mais vigorosa, repentinamente capaz de oferecer amplitudes desconhecidas.

Enfim, como tinha de acontecer, o homem se acocorou junto à mesa, desenrolou um couro de cabra que estava mais à mão, banhou a ponta do fino bambu na tinta e se dispôs a escrever. Mesmo embevecida com tudo o que experimentava, ela não pôde conter uma curva de amargura ao compreender que tudo aquilo já estava a caminho do final, tão logo a ponta do bambu rangeu e arrancou o primeiro chiado da superfície áspera do couro, para que o homem deixasse inscritas ali as letras febris: "Estas são as palavras secretas".

Fora da gruta, os olhos de Matias relutaram em abrir, demoraram a se habituar à luz do sol. Por fim, notou que uma névoa grossa havia surgido no topo do desfiladeiro e começava a rastejar para baixo, num movimento tateante, junto às rochas. Em vez de descer para o fundo plano do desfiladeiro, Matias arriscou alguns passos pelas saliências da escarpa. Avistou bem longe um pequeno rebanho de cabras sendo conduzido no deserto, seguindo o desvio que o pai e todos os outros recomendavam. Alguém obedecia às proibições e evitava passar pelo desfiladeiro.

Pouco depois, a massa enevoada que descia a encosta alcançou o ponto em que Matias estava. Primeiro, Matias sentiu no cabelo e na testa o toque do frescor e da umidade que, em seguida, veio deter-se de leve junto a seus lábios. Matias sorveu entre os dentes os fios da neblina. Sentiu rolar na língua o contato encorpado do vapor, a espessura que parecia até inflar um pouco suas bochechas.

Saciado, Matias seguiu adiante, se equilibrando pelas beiradas e quinas do desfiladeiro. Pouco depois, ao virar para trás num movimento casual, sem que fosse essa a sua intenção, sem que tivesse nem de longe imaginado, viu a terra intocada, sem o mais leve sinal da passagem dos seus pés.

SEM OS OUTROS

As boas notícias não gostam de barulho. Sabem que pisam em território hostil, sabem que os inimigos podem vir de toda parte e por isso, quando se aproximam, medem bem os passos. Com medo de nos acordar, as boas notícias preferem chegar na ponta dos pés. Mesmo assim, ela acordou e viu as letras boiando no monitor colorido, no alto, a tempo de ser informada de que já não existia.

O sono de repente escorreu pelos seus pés e Joana recebeu em cheio, na retina, no ouvido, na própria pele, o golpe desorientador, a aflição de quem acorda sem poder, a princípio, lembrar onde está. Depois de dormir de mau jeito em uma cadeira no saguão do aeroporto, Joana girou os ombros, balançou a cabeça para um lado e outro, se desfazendo do que parecia um excesso de ossos, uma rigidez desencontrada, e tentou pôr os músculos de volta no seu contorno original. Ao mesmo tempo, o monitor luminoso insistia em repetir o seu nome, letra por letra, as sílabas flutuavam sobre a lápide de água, anunciando que, havia alguns minutos, Joana tinha deixado mesmo de existir. Este mundo já não a conhecia.

Haveria mais de uma maneira para explicar por que Joana se sentiu tão bem, enquanto ao seu redor um rumor nervoso, mal contido, sacudia o ar do saguão do aeroporto, com vozes duras e passos atropelados. Mas, para dizer a verdade, ela mesma não podia alegar que sua vida tivesse recebido uma quantidade de desgostos maior do que o costume, para se sentir assim tão contente por haver chegado ao fim. A quem Joana poderia acusar de ter feito a ela algum mal mais sério? Até o momento, nunca estivera sozinha e bem cedo havia aprendido, como todos à sua volta, que estar só era o mais grave, aquilo que deveria a todo custo ser evitado. E, mais do que ninguém, Joana havia tomado essa lição ao pé da letra.

As pessoas com quem viveu tinham lhe dado o que consideravam possuir de melhor, ainda que nem sempre fosse grande coisa. Mas pelo menos a cada vez era algo novo. E se as novidades não duravam muito, se a rigor elas já nasciam com a vocação do declínio, em compensação todas pareciam provir de uma fonte única e inesgotável. Uma fonte com a qual Joana poderia sempre contar para fazer a troca. Com um susto que passava por ela de raspão, um sopro que varria seu rosto na diagonal, Joana descobria que a cada vez ela mesma acabava também sendo trocada. Descobria, a cada vez, que ela também vinha daquela mesma fonte.

Sob pressão, talvez Joana se visse obrigada a admitir que vivera com mais homens do que o usual. Nessas circunstâncias, era até reconfortante verificar que, no conjunto, havia uma certa ordem. De longe, com o tempo comprimindo os intervalos, com o chumbo dos anos achatando tudo em um só plano, a imagem final chegava a desenhar a silhueta de uma fila, vista de trás: vários homens, agora de costas voltadas para ela, marchando para longe, para o vazio, para uma espécie de deserto. E o primeiro da fila, guiando os demais, era o seu pai.

Ele tinha vindo do interior ainda moço, mas sua pronúncia sempre chiava e ronronava de leve. Esticava ou umedecia palavras que, na boca dos outros, Joana sentia secas e impacientes. Menina, ela já exercitava sua perícia em sentir o gosto pelo paladar dos outros. Era uma espécie de salto para fora do corpo, um pulo por cima da própria cabeça. Assim, o que as pessoas em geral experimentavam sem querer, ou mesmo sem saber, Joana tinha de procurar, de forma deliberada, nos outros.

Tentou imitar o sotaque do pai, morder e soltar algumas palavras como ele, dando a entender que fazia aquilo sem notar. As pessoas acreditaram que se tratava de uma assimilação natural, uma influência involuntária envolvendo pai e filha. Como era de esperar, Joana preferia que pensassem desse modo. Achava assim mais seguro.

Por isso todos devem ter se admirado quando Joana, quase de um dia para o outro, abandonou aquele jeito de fritar as sílabas na boca. As palavras voltaram a sair cruas como antes, em sua casca apressada. Pelo visto, ninguém se deu conta de que, naquela mesma época, seu irmão mais velho havia voltado do serviço militar, na Marinha. Agora, em casa, ele se exibia um pouco e causava certa sensação, atando e desatando os vários tipos de nós que aprendera nos navios.

Cordões, barbantes de embrulho e cadarços de sapato percorriam o roteiro de um labirinto que só os olhos do irmão conheciam. Joana voltou sua atenção para os dedos, as rápidas vinhetas que as mãos do marinheiro riscavam no ar. Por instinto, ela sabia que a atenção devia ser espessa por dentro e diluída por fora. Por dentro, as distrações tentavam enganá-la o tempo todo e tinham de ser soterradas. Por fora, sua atenção não devia constituir um obstáculo no caminho de ninguém. Assim, seu interesse voava até os dedos do irmão e pairava em torno dos nós, sem fazer peso, sem embaçar a luz. Metade de Joana já era invisível.

Na verdade, ela pouco aprendeu desse modo. Mas o efeito que observou no irmão iria se repetir várias vezes, nos anos seguintes, com outros homens. Pouco a pouco, como se a iniciativa tivesse partido dele, o irmão se convenceu de que valia a pena incentivar a menina, se persuadiu de que Joana merecia conhecer o segredo dos nós. Satisfeito consigo mesmo, o rapaz se deixou compenetrar a fundo da sua benevolência. Como um prêmio silencioso que conferisse a si mesmo, ele se viu livre para rolar entre os dedos a pedra do seu poder, livre para receber o beijo do próprio egoísmo.

Não há delícia maior do que poder pensar que somos bons. Melhor ainda quando nos dão a chance de acreditar que nossa bondade é espontânea. Na verdade, só mais tarde esse tipo de conclusão faria peso nas mãos de Joana. Mesmo assim, já então Joana pôde provar o sabor, a força da doçura que arrastava o irmão para onde ela queria.

O ex-marinheiro trouxe vários pedaços de corda fina para a irmã praticar. Até que era bom sentir na pele a aspereza dos fios de palha ou dos feixes de náilon se dobrando, rangendo, quase cantando sob a pressão dos seus dedos. Mais tarde, Joana percebeu que não gostava tanto assim dos nós, propriamente. Talvez já não pudesse evitar alguma idéia de estrangulamento, e, afinal, o que ela poderia estar tentando apertar com tanta força naquele espaço vazio, naquele intervalo que o nó nunca capturava? Em todo caso, reconheceu que concentrar naquilo suas mãos e seu pensamento servia para empurrar para o fundo uma sensação ruim, uma fermentação que Joana pressentia se expandir dentro dela.

Aprendeu o nome e as surpresas de cada nó. Memorizou o caminho de cada ponta e a rotina dos laços. No final, desfeito o emaranhado, dava gosto ver a corda estendida, de volta ao que era, um horizonte reto. E um dia Joana se admirou ao descobrir que havia esgotado o conhecimento do irmão no assunto. Espantou-se mais ainda ao notar que o irmão não se abalou nem um pouco com aquilo. Como se não lhe fizesse falta. Como se Joana não tivesse tirado dele coisa alguma.

Uma vez que não havia outros homens em sua família, Joana passou a sair com mais freqüência. Morava em um subúrbio pobre, em uma rua só de casas. Erguidas em épocas diferentes, algum instinto de simetria ou pudor havia colocado as construções bem junto da rua, mantendo oculto, nos fundos de cada casa, um terreno livre. Quem caminhasse pela calçada mal podia distinguir o que ocorria nos quintais. Ali, o mato fervia voraz. Árvores fechadas se avolumavam contra o céu, o sol fazia reluzir com força o verniz das folhas, que se aglomeravam em uma massa tão compacta quanto a sombra que se amontoava ao redor do tronco.

Uma ou outra árvore mais alta conseguia apontar bem acima do telhado das casas. Durante quase o ano inteiro, mangas pesadas, com a casca tingida pela resina oleosa, vergavam a ponta dos galhos para baixo, desafiavam de longe quem olhasse da calçada. Em volta, prevalecia o silêncio, e o baque de um fruto ao cair e tocar a terra era um susto na face imóvel do meio-dia.

Na terceira casa depois do terreno de Joana, algo diferente acontecia no quintal. A golpes de porrete — certeiros, bem junto à orelha —, uma mulher matava os porcos pequenos que ela mesma criava. A intervalos de cinco ou seis semanas, ouviam-se os guinchos, o patear sem rumo no cimento, as pancadas em surdina, seguidas por um silêncio arrancado do ar à força.

A mulher morava apenas com o filho, chamado Leo, e até então Joana não tinha qualquer interesse especial por aquela casa. Joana se limitava a reconhecer que a sucessão de porcos abatidos soprava um sentimento de tranqüilidade em algum ponto remoto de seus ouvidos. A repetição desenhava um arco protetor por cima das semanas, o refrão de um relógio que rodava a seu favor. Joana acompanhava de longe, um pouco distraída até, mas mesmo assim cada porco que partia deixava nela a sensação estimulante do final de uma fase da vida e, sobretudo, do início de outra. No pior dos casos, ficava a sensação de um problema a menos à sua volta. Seja como for, até aquela altura Joana não se havia dado conta do interesse de Leo por música.

Sem demora, Joana voltou sua atenção para os discos que havia na casa de Leo, empenhou-se em decorar algumas melodias no piano. Mas tudo ainda um pouco por alto, com uma dedicação que não ia muito além da superfície das suas horas livres. Talvez apenas o bastante para substituir os nós do irmão, que ela, na verdade, nunca mais tentou repetir.

Joana reparou que sentia vergonha quando, de surpresa, lhe vinha a lembrança das cordas se enroscando entre os dedos. Relutava em aceitar que tivesse sido ela mesma quem havia se aplicado daquela forma em dominar os nós e os seus nomes. Por isso tratou de sufocar, na memória, o episódio do seu aprendizado, até que aquilo afinal se aquietou, não respirou mais. Joana descobriu, assim, que uma parte do passado podia ser lavada, polida, até ficar bem lisa, quase transparente. Ao voltar-se para dentro de si mesma, o olhar de Joana atravessava aqueles meses sem encontrar resistência. De certa maneira, eles haviam deixado de existir.

O problema é que os outros não sabiam disso. Em casa, durante certo tempo, os pais ainda tentaram convencer a filha a mostrar às visitas sua habilidade com as cordas. Sem graça, Joana gemia alguma desculpa frouxa. Uma humilhação sem sentido fazia arder o seu rosto e ela emudecia, torcia a boca, mastigando a raiva de si mesma.

Depois, buscava a casa de Leo, onde as teclas do piano sempre tropeçavam um pouco nos seus dedos. Quando Joana tentava ouvir de ponta a ponta um disco que Leo tocava para ela, seu pensamento muitas vezes se desviava da música com uma desatenção preguiçosa. Mas Joana nunca permitiu que ninguém notasse. Mesmo Leo só podia perceber parte da sua dificuldade. Interessado, ele a estimulava. Com uma paciência um pouco ostensiva, Leo tentava facilitar o caminho de Joana. Às vezes segurava sua mão sobre o piano para mostrar a digitação correta, e Joana sonhava que, um pouco mais forte, um pouco mais fundo, sua mão entraria na mão dele, como em uma luva, e quem sabe tocaria melhor.

Com tudo isso, em poucos meses Joana já podia falar sobre música com certa desenvoltura. No colégio, um ou outro professor se admirava, supondo que aquela moça de olhar aéreo, cujo queixo parecia boiar sobre o vazio, cujas frases costumavam morrer antes do fim, havia conseguido afinal encontrar um foco sólido de interesse. Joana, na verdade, tentava se impregnar, trazer a música para debaixo da pele, e seu engano era acreditar que Leo não fosse nada mais do que o portador da música.

Além disso, talvez os porcos guinchassem perto demais. Ao morrer, insistiam em deixar claro que o mecanismo instalado no quintal não parava de rodar. Quando vinha a hora, seus cascos em pânico sapateavam no concreto, estalando num ritmo atropelado. Aceleravam por um instante os passos do tempo, insinuando em Joana, através das frestas da janela, a idéia de que o momento da troca não se faria esperar.

Um dia, a rua amanheceu estreita. Joana descobriu que seus passos a percorriam, de uma ponta à outra, em um intervalo muito curto. No final da rua, à espera do ônibus, Joana se acostumou a ver um rapaz passar de carro. Acostumou-se a pensar que ele também a olhava, e sua rua lhe pareceu ainda mais pobre e pequena. Mais do que um conforto, poder ir de carro para a faculdade teve para ela um sabor de desforra. Em breve, não precisaria mais ouvir os porcos guinchando. Mas, no íntimo, sabia que eles continuariam ainda a ser abatidos, no terreno dos fundos. E, no futuro, por algum motivo, isso a deixaria mais segura quando sentisse o vento morno importunando seu rosto, ou quando percebesse seus dedos entrelaçados com um pouco mais de força nos dedos de um homem.

Outro conforto foi descobrir que o rapaz voltava seu interesse para algo bem menos exigente do que a música. Automóveis, motores e marcas bastavam para aquecer a paixão simples do seu novo amigo. O pai de Joana, que nunca possuíra um carro, disfarçava a surpresa ao ver revistas sobre automóveis metidas entre os livros da faculdade, na mesa da filha. Não sabia ao certo o que pensar ao perceber que Joana, agora, não perdia uma oportunidade de conversar com qualquer um que se mostrasse capaz de falar sobre válvulas, carburação e acessórios de cuja existência ele nem sequer desconfiava.

De um dia para o outro, Joana se desfez de tudo o que dizia respeito à música, inclusive sua amizade com Leo. Mais uma vez, admirou-se ao ver como era simples, como nada daquilo deixava marcas. Uma pele nova nascia de dentro dela e apagava tudo o que havia sido escrito antes. Mas não foi muito fácil convencer os pais a desistirem de comprar para ela um piano de segunda mão. Havia algum tempo que vinham economizando para isso, em segredo. Desconcertados, eles não sabiam se deviam ficar preocupados com a filha ou aceitar a sensação de alívio de quem compreende que já não pode mais ser responsável.

Uma vez limpo esse terreno, limada a placa para receber um novo desenho, Joana logo se viu desimpedida para passar os finais de semana na casa do namorado. Acompanhava-o até os mercados de carros usados, onde ele trabalhava, e seguia suas negociações com ares de entendida. Mais do que a busca do lucro, o entusiasmo do rapaz exprimia a satisfação de quem pode consagrar os dias àquilo que ama. Joana aprendia como era simples a paixão pelos carros. Observava quanta vida os automóveis eram capazes de insuflar em seu namorado, e invejava essa felicidade, que ela mal podia tocar. Joana se alegrava por ele. Por intermédio dele, Joana se empolgava com qualquer sucesso e, com o mesmo ardor, se amargurava com as falhas e enganos inevitáveis.

Joana ainda não havia compreendido que pelo menos uma parte da alegria do namorado se devia a ela. O rapaz muitas vezes achava difícil acreditar que tivesse encontrado uma mulher com tamanha afinidade de interesses e se sentia arrebatado não só quando falava diante dela. Mesmo sozinho, apenas pensando a respeito de carros, ele o fazia com mais entusiasmo, pois podia imaginar que Joana era a platéia de seus pensamentos.

Com tudo isso, o namorado a certa altura teve a impressão de que algo mecânico vinha interferir de vez em quando nas palavras de Joana. Deslizando de leve, uma sombra monocórdia vinha, em alguns momentos, nivelar sua voz. Pouco experiente, Joana parecia repetir uma frase decorada. Quando ela terminava de falar, um ou outro vestígio ainda persistia pairando no silêncio por um instante, ao redor do rapaz. Depois sumia. Ele era capaz de adivinhar caprichos e rancores na respiração de um motor girando no ponto morto. Talvez por isso mesmo não soubesse avaliar o que podia haver por trás dos movimentos automáticos da voz de Joana.

No último período da faculdade, Joana se deu conta das atenções de um professor, ainda jovem. Enquanto expunha com bom humor os paradoxos de alguma teoria econômica, o professor voltava o rosto para ela mais vezes do que seria de esperar. Entremeava no raciocínio pausas que os conceitos não previam. Mirava os olhos de Joana por um tempo um pouco mais longo do que a didática podia consentir. Olhava com a atenção de quem procura e confere, de longe, a própria imagem adorada em um espelho. Atraído por um declive, sorvido por um vácuo que ele, de maneira inevitável, julgou ser afeição, o professor despejava o seu olhar nos olhos de Joana. Derramava sem medo a voz em seus ouvidos.

Quando o pai de Joana encontrou, jogadas no lixo, as revistas sobre carros, suspeitou que algo estava para acontecer. Notou, com satisfação, que a filha andava estudando mais do que o costume, mas supôs que se tratasse apenas das exigên-

71

cias naturais do último período da faculdade. Chegou a dizer que ela estava estudando demais, que era preciso descansar, sabendo muito bem que isso só serviria para que Joana ficasse até mais tarde com os livros abertos. Mas não podia imaginar o que estava atrás de cada página que os dedos da filha viravam.

Foi fácil se desvencilhar dos automóveis e do namorado. Um suor fino que sai pelos poros da pele, uma matéria dócil que se deixa expulsar quase sem se fazer sentir. Joana enxugou-se, apenas, e pronto. Por um momento, sentiu-se grata ao ex-namorado pela simplicidade, que tinha sido afinal o seu grande dom. Sem maiores problemas, Joana resumiu aqueles dois anos na imagem de uma única fotografia e depois raspou no filme, para sempre, os traços do próprio rosto.

Quando Joana se formou, ela e o professor já se conheciam bastante. Casaram-se seis meses depois, quando ela começava o mestrado em economia. Joana fez questão de trocar o sobrenome. Vibrou em segredo com a sensação de uma existência nova, que o nome arrancado ao marido lhe infundia. Sonhava que um sangue mais caloroso, mais denso, afluía das sílabas direto para suas artérias. Ao mesmo tempo, e talvez mais forte ainda, Joana provava com delícia a certeza de ver o antigo sobrenome suprimido para sempre.

Suas visitas aos pais se tornaram cada vez mais raras. Desculpava-se alegando os estudos, os compromissos do marido. Os pais nunca se queixavam. Intrigados, tentavam compreender o constrangimento da filha, que agora se mostrava muito pouco à vontade entre as paredes e os móveis da casa onde vivera até poucos meses antes. Em silêncio, quase em paz, mãe e pai adivinhavam que um dia ela terminaria por sumir de todo.

Joana morava agora em um apartamento razoável, em um bairro mais central. Seu marido não dirigia. Na verdade, não queria nem ouvir falar em comprar um automóvel, preferindo usar o ônibus ou o táxi. Os meses corriam e nem por um momento passou pela cabeça de Joana revelar que sabia dirigir. Em nada ela deixava transparecer o quanto sabia a respeito de carros. Pouco tempo depois, se olhasse por acaso para o motor de um carro sob um capô aberto, Joana se sentia até intimidada. Para ela, dirigir parecia incompatível com os estudos de economia.

Joana dedicava aos livros e à organização das pesquisas do marido o mesmo zelo com que cuidava da casa e, muitas vezes, preparava a comida. Ao acordar, as horas do dia se fechavam à sua frente, formando um emaranhado que barrava o seu caminho. A duras penas, Joana conseguia abrir clareiras onde ela mesma podia também estudar. Não era raro, à noite, Joana e o marido irem a pequenas reuniões, com música baixa e bebida moderada, junto a um grupo formado por alguns professores, estudantes de pós-graduação e um ou outro economista profissional. Entre risos acadêmicos e alusões cheias de subentendidos, eles remoíam os pontos mais astuciosos da sua fé.

Joana sorvia tudo. Desmembrava os argumentos alheios e recombinava os pedaços, conseguindo, mal ou bem, colocar de pé criaturas nunca vistas. O marido se encantava. Empolgado, dizia que Joana havia de superar a todos. Quando ela não estava por perto, o marido gostava de falar a respeito de Joana. Declarava aos colegas, com ar de gracejo, que a grande promessa ainda se tornaria uma ameaça para todos eles. Ao dizê-lo, olhava de lado para Joana, que conversava, de pé, no extremo oposto da sala. E nesse instante a sua mulher lhe parecia especialmente bonita.

Os outros, de fato, reconheciam o talento de Joana. Alguns, mais precisos, se contentavam em louvar sua rapidez, embora ninguém se lembrasse de perguntar o que havia nisso de tão bom. Ao elogiar Joana com entusiasmo, o marido às vezes desconfiava de que um ou dois professores o ouviam com uma complacência dissimulada e, por isso, tornava-se mais enfático do que ele mesmo desejava.

Decorridos quase dois anos de casados, Joana estava pronta para começar a redação de sua tese. Sua orientadora era uma mulher idosa, sem pressa para nada. Nunca tomava parte nas pequenas festas dos professores mais jovens. Ao ler os primeiros esboços de Joana, chamou sua atenção para a conveniência de usar aspas nas citações e mencionar as fontes quando transcrevesse juízos alheios. Joana logo se intimidou com a boa memória daquela senhora. Era um risco com que não se havia preocupado até então, diante do marido ou do seu círculo de amigos. A tese começou a atrasar.

Joana pediu prazos mais largos e depois renovou o pedido. Solicitou a renovação da bolsa de estudos por certo tempo e, graças à ajuda do marido, conseguiu. A bolsa se esticou o mais que pôde. Agonizou em alguns arquivos e gavetas e depois se extinguiu de todo. As dificuldades econômicas do casal se acentuaram. Por meio de manobras de bastidores, o marido tentava ainda substituir a orientadora de Joana, mas nenhum professor qualificado parecia disponível. Tomando para si a causa da mulher, o marido não percebeu que sua insistência o tornava importuno. Alguns colegas já fugiam dele, constrangidos.

Na biblioteca, com os livros abertos à sua frente, a caneta de prata faiscava ociosa na mão de Joana. Escassas anotações desciam para o caderno. Em vez disso, seu olhar deslizava para a janela, para as ruas, lá embaixo, onde a vida pulsava com energia.

Seus problemas de saúde começaram aos poucos, por essa época. Falta de ar, incômodos difusos, sobressaltos sem motivo. Joana passou por dois médicos antes de encontrar um que lhe inspirasse confiança. Após algumas consultas quinzenais, Joana se considerava quase curada, mas o médico insistia em que ela prosseguisse o tratamento. Mais e mais, a conversa no consultório tendia a focalizar a vida pessoal do médico, desviando um pouco para o segundo plano a saúde de Joana. Ela notou que o médico vivia com mais conforto. Entendeu que ele vinha de uma família mais rica, possuía alguns bens de valor e gostava de viajar para o estrangeiro.

Foi por meio de um cartão-postal, selado no Chile, que o marido soube que Joana o havia deixado. Ela aproveitou a semana que ele passou fora de casa, em um congresso, para partir com mais desembaraço. No cartão, Joana explicava que um advogado cuidaria da partilha dos poucos bens comuns. Não forneceu endereço nem telefone, exceto os do advogado.

Os pensamentos giraram em disparada no crânio do marido. Nem assim ele foi capaz de enxergar a relação entre isso e o que acontecera algumas semanas antes. Certa manhã ele surpreendera Joana na biblioteca, atirando anotações veementes ao caderno. Ao chegar perto, viu espalhadas em redor da esposa, por cima dos livros de economia, revistas de viagem e folhetos de turismo. Joana deve ter dado alguma explicação. Esclareceu talvez que prestava um favor a uma amiga. Mas o marido ainda levaria certo tempo até poder lembrar aquela manhã e rever a caneta de prata brilhando por trás das unhas pintadas da mulher.

Meses depois, no novo apartamento, a empregada entregou a Joana um envelope enviado por seu advogado. Dentro havia outro envelope, com o timbre da universidade. Pela última vez, concediam um novo prazo para que ela apresentasse sua dissertação. Duas linhas e meia, perfiladas no centro da folha branca. As letras faziam pontaria contra ela, com suas lâminas afiadas. No final da página, a finta e a estocada final do espadachim, nos floreios da assinatura do chefe do departamento. Mas o que deveria fazer tremer e ressoar como uma ameaça repercutiu em Joana apenas como o breve incômodo de atender a um engano no telefone. Ela rasgou o papel e continuou a fazer as malas.

Antes de esquecer a universidade para sempre, ainda teve tempo de raciocinar que se tratava de uma carta padronizada. Um modelo reproduzido em série, apenas com um espaço em branco para receber o nome de cada mestrando. Joana entendeu que estavam limpando as gavetas, preparando a casa para receber os novos moradores. Joana tinha partido na frente, já se mudara por conta própria. Agora, prestes a ser oficialmente despejada dos arquivos da faculdade e daquele lote do passado, Joana não podia deixar de se sentir um pouco mais livre. Veio, porém, ao mesmo tempo, a humilhação de ainda ser lembrada — para ela, toda lembrança não passava de um anacronismo. Joana sentiu-se um pouco traída pelo tempo, a quem tentava acatar acima de tudo, e desejou que o prazo da universidade já tivesse expirado.

O médico, seu novo marido, admirava a eficiência da esposa em preparar as malas. Ainda mais porque ela fazia exatamente como ele tinha ensinado, como ele mesmo fazia. Em pouco tempo, Joana havia acumulado um conhecimento incomum em tudo o que diz respeito a viagens ao exterior. As escaramuças nos guichês dos consulados, os rituais secretos da burocracia, o labirinto do câmbio e as estratégias para a negociação dos preços de passagens e hospedagens — Joana trazia tudo isso na ponta dos dedos.

Chegando exausto do consultório ou do hospital, o médico se reanimava ainda no carro, imaginando o que o esperava em casa. No fundo, sempre teve certa noção de que, em seu entusiasmo com as viagens, se abrigava alguma forma de frivolidade. Algum reduto oco em seus dias o empurrava para aquela agitação, para aquela avidez de movimento, e ele tinha a impressão difusa de que seus amigos, mesmo sem dizer nada, percebiam o sentido do seu exagero. Agora, Joana vinha permitir que o médico se entregasse àquilo sem remorsos. O entusiasmo da mulher era mais do que bastante para dissolver qualquer coágulo de vergonha. Joana sabia o segredo da fórmula que transformava o exagero em uma virtude.

Depois do jantar, ele e Joana se inebriavam planejando as viagens com meses de antecedência. Cada pormenor era esmiuçado com a ajuda de folhetos e guias. Quanto mais ínfimo o detalhe, maior o prazer em passar a limpo os pontos duvidosos. Os horários de trens e ônibus eram escolhidos ora com prudência, ora com audácia. Havia dias certos para correr riscos. Cada opção de restaurante era submetida a um inquérito. Podiam escolher um restaurante menosprezado, apenas para pôr à prova a autoridade dos livros de viagem.

Certa noite, Joana chegou a argumentar que deveriam, desde já, escolher não só o restaurante mas também o prato e até a mesa em que iriam jantar. Com palavras sensatas, exemplos e fatos, tentou explicar como isso era perfeitamente possível. Na hora, o médico estremeceu um pouco. Por um instante, a beleza da mulher emitiu um clarão de fogo contra a penumbra no fundo da sala. Das paredes brancas, ou do nada, saltou sobre ele um medo sem rosto, que tratou logo de abafar.

Em companhia de Joana, passou a fazer três viagens por ano. As despesas cresceram, o médico aumentou a carga de trabalho, chegou a pedir alguns empréstimos. Após cinco anos, pela primeira vez, o plano de uma viagem falhou. Na hora do embarque, Joana simplesmente não apareceu. Mandou um recado pedindo que ele embarcasse sozinho. Prometeu explicações, que nunca vieram.

A partir daí, Joana aprendeu e esqueceu muitas coisas. Ações na bolsa de valores, navegação comercial, os rituais da indústria de tecidos. Poucas vezes era preciso entrar no terreno prático. As informações vinham até ela e partiam a um gesto seu, sem deixar em Joana traços palpáveis. Apanhar e largar eram partes de um único movimento, feroz, faminto, mas sempre discreto. Ela renascia refeita após cada temporada, após cada troca. Joana se reproduzia. Joana era sua própria prole. Uma imagem que continuaria passando de um espelho para outro, até que o corpo de Joana abandonasse o foco do reflexo. Ou quem sabe fosse ela mesma o espelho. De todo modo, no conjunto, houve também uma espécie de progressão. Pois Joana, a cada vez, se dava conta de que, para ir em frente, era preciso um pouco mais de dinheiro.

Agora, no saguão do aeroporto, pela primeira vez não havia o que ver refletido na vidraça da livraria à sua frente ou no cristal cintilante da sua pulseira senão a sua própria imagem rarefeita, apagada, transparente. Ninguém estava sentado a seu lado e ela mesma já não existia mais. Para Joana, ao anunciar daquele modo o seu nome, o monitor apenas tentava levar às últimas conseqüências uma dissolução iniciada horas antes.

Pela primeira vez, seu marido a deixara. Vinte anos mais velho do que Joana, era um homem muito calado, o que concedia também a ela o direito do silêncio. Desde o início Joana pressentira certo perigo naquela situação, entreviu um risco naquele intervalo desabitado. Não deixava de ser repousante. Mas ele a arrastava na direção do centro vazio em torno do qual soubera encher com habilidade a sua vida, mas onde não havia em que se apegar.

Não foi de admirar que as explicações do marido se resumissem a duas linhas e meia num bloco de anotações do hotel. Porém Joana teve de admitir que foi apanhada de surpresa pela decisão repentina, tomada no meio de uma viagem de férias, quando os dois se achavam tão longe de casa.

No caminho de volta, sozinha, Joana se confundira numa conexão demorada, numa troca de aviões e de empresas. Cansada, terminou pegando no sono no saguão. Ao acordar, descobriu que seu avião, pouco depois de decolar, havia caído no oceano. Por um erro, o seu nome, seguido pela forma mais recente do seu sobrenome, constava entre os passageiros daquele avião. Enquanto dormia torta na cadeira, tornara-se uma das vítimas que os monitores do aeroporto agora faziam deslizar pela tela, numa espécie de cascata, ou como as ondulações que o impacto do avião devia ter provocado na água.

O fato é que Joana se sentiu bem. De repente, nada do que via ao redor lhe dizia respeito. A falta de um propósito, a surpresa de não ter coisa alguma em mira, deixaram-na profundamente serena. Seu corpo estava no fundo do mar. Talvez feito em pedaços, junto ao de muitos outros que jamais seriam encontrados.

Agora, pela primeira vez, não pesava em suas costas a necessidade de reviver com outro nome, outros interesses, outra existência. Havia muito, ela sabia que aquilo que fica para trás não deve jamais retornar. Mas dessa vez o ciclo inteiro havia se quebrado, a roda que a apertava e puxava tinha parado de girar. Joana olhava admirada para si mesma e tinha a sensação de haver alcançado uma forma de perfeição, uma plenitude vazia — a liberdade, ela podia até pensar. Veio a idéia de que poderia sair caminhando pelo saguão do aeroporto e atravessar os objetos sólidos, como a sua imagem, que via refletida na vidraça da livraria.

Mas durou pouco. Joana não podia deixar de olhar para as pessoas em volta. Aflitas com o acidente, mas aliviadas por não estarem no avião, elas falavam, andavam de um lado para outro. Seus corpos se apressavam em direção aos telefones, suas mãos erguiam xícaras de café fumegantes, seus dedos cingiam com força a alça das malas. Elas reagiam ao desastre mas, estava bem claro, já se preparavam para voltar logo ao normal. Joana viu seus ombros esbarrando uns nos outros, suas mãos empurrando portas, e compreendeu que elas estavam ali para obrigá-la também a andar, falar, agitar-se sobre a solidez daquele mesmo chão. Joana sabe que elas são muitas. Sabe que estão em toda parte, dominam a Terra, e não a deixarão em paz. A falha de uma máquina ou a distração de um funcionário seria um preço muito barato para um bem tão precioso.

Com a mão espalmada, Joana alisa o vestido. Agradece ao acaso aquele momento de bem-estar. Aquele lampejo em que pôde ver como seria o mundo livre dos outros. Sabe que já passou. Admite que não há escapatória e que daqui a pouco terá de se render. A capitulação tem de ser total. Ainda que não queira — e mesmo que admita que isso pode já estar acontecendo desde agora, desde antes, até, sem ela notar —, Joana compreende que, mais uma vez, terá de imitar, terá de fingir com toda força que é alguém. Qualquer um. Nem que seja ela mesma.

EU, O ESTRANHO

Na hora em que o caixão descia, os coveiros amarravam sacos de areia na cintura a fim de impedir que suas sombras fossem puxadas para dentro da cova. Descobrir o que eram coveiros, o que era cova, saber o que vinha a ser um caixão e o que havia nele constituía, para mim, apenas uma parte da tarefa de compreender os estranhos. Obra que, hoje, me parece interminável.

Nessa época, já havia muitos caixões. Mesmo assim, em certos dias o número se mostrava insuficiente e, em seu lugar, era preciso improvisar redes de palha. Muitas vezes a extremidade das pernas compridas apontava uma ramificação para fora da rede. Com o peso do corpo a palha rangia, pressionada pelas formas angulosas, encolhidas ali dentro. De um jeito ou de outro, os estranhos seguiam para o fundo das covas com inexplicável facilidade. Parecia um incidente tão banal quanto escorregar no barro e voar de peito e cara no chão, como vimos tantas vezes acontecer com os estranhos. Pisavam em falso, abanavam os braços no vazio e depois desabavam. Até nisso eles pareciam atraídos pela terra.

À primeira vista, aparentavam pressa. Davam a idéia de uma disputa velada para saber quem chegaria primeiro debaixo do solo. Por alguns momentos, tínhamos a sensação de que, mesmo enfiados em seus caixões, os estranhos ainda pretendiam buscar alguma coisa lá no fundo. Seu coração ainda parecia capaz de repetir as velhas pancadas e voltar a bater de encontro às grossas tábuas presas por pregos. Mas, não. Quando observávamos com mais atenção, ficava claro que os estranhos tomavam aquele rumo a contragosto, não havia dúvida de que desciam derrotados. Como se, de longe, alguém os obrigasse àquilo.

Sempre achei que os coveiros deviam ter boas razões para pôr um lastro em suas sombras. Estendidas sobre o chão, elas me pareciam deslizantes e fluidas demais, prontas para fugir rastejando, ao menor descuido. Além disso, os coveiros passavam o dia inteiro escavando a terra, à beira dos mesmos buracos que, logo depois, se apressavam em fechar. Notei como eles tomavam o cuidado de não se colocar entre a cova e o sol, durante o trabalho. Temiam que sua sombra, empurrada por um movimento mais largo do braço ou da pá, viesse a escorrer para o interior da cova.

Essa agitação de coveiros e caixões ocorreu, sobretudo, na última fase, pouco antes do fim. Mas a verdade é que desde o início, logo que apareceram, os estranhos demonstraram um gosto exaltado de remexer a terra. Naquele tempo, a terra emitia ganidos curtos quando a lâmina das ferramentas deles rompia seguidas vezes a resistência do solo. Não era um rumor muito diferente do rangido que a terra iria pronunciar bem mais tarde, quando era a pá dos coveiros que vinha ferir o chão — um chiado brusco, mordido entre cascas e pedrinhas em atrito com a ferrugem do metal.

A repetição pode ser um truque, uma máscara modelada com as feições mornas da banalidade. Achei que havia mais o que descobrir naquele barulho das pás dos estranhos, tantas vezes repisado, mas não atinava o que podia ser. Em todo caso, gostava de observar como aquele som, áspero no início, terminava amortecido pela maciez dos torrões úmidos, que se desmanchavam em contato com a pá.

É bem verdade que, no começo, as ferramentas tinham um outro propósito. Os estranhos não pareciam temer o fundo da terra nem os buracos que fabricavam. Não se preocupavam de forma alguma com a posição do sol, pouco se importando se a sua sombra, em algum momento, viesse a escorregar para dentro das valas que abriam. Os estranhos chegavam a afundar os dedos no chão a fim de esfarelar a terra diante dos olhos. Tateavam com minúcia os contornos do duro e do macio, mediam com interesse a aderência do liso e do enrugado. Alguma frustração persistia grudada em sua pele, enquanto esfregavam as mãos com força uma na outra, para se limpar.

Entender os estranhos sempre foi uma tarefa difícil e, no fundo, não creio que eu tenha avançado grande coisa. Agora que foram embora, agora que nem um deles restou, apenas por meio dos seus vestígios e à luz de seus rastros sem rumo ainda poderei dar curso ao meu esforço.

Hoje falo em ferramentas, menciono as pás, e isso faz sentido, soa até natural. Há várias dessas peças espalhadas pela região, algumas já quase encobertas pelo avanço da mata, outras já semi-enterradas pelo contínuo vaivém das cheias. Mas houve um tempo em que nada disso existia, e ninguém havia sequer sonhado com coisas semelhantes. Os jovens de hoje já nasceram em um mundo calcado pelos golpes dos estranhos. A terra revirada que os jovens encontraram à sua volta, quando pela primeira vez abriram os olhos, constitui o seu mundo nativo. Não admira que achem difícil acreditar quando explicamos que nem sempre foi assim.

De mais a mais, os jovens nunca viram um estranho. Minhas explanações perseguem, de forma até irritante, a clareza e a precisão. Detenho-me em pormenores, no esforço de eliminar espaços em branco capazes de incitar a imaginação dos mais moços. Apesar disso, quase sempre me decepciono. Quando viro a cabeça de repente, no meio de uma frase, muitas vezes descubro, num relance, os olhos de um ou outro jovem tingidos pela incredulidade ou pelo ardor da fantasia.

Aflito, pressentindo que perco o controle sobre o seu pensamento, às vezes trago alguns ossos, escolhidos na minha coleção, e exibo diante dos moços, com certa solenidade impaciente. Mas já se trata de teimosia de velho, pois o efeito é sempre desalentador. Embora as ossadas se achem bastante incompletas e roídas por animais, na verdade isso é o que menos importa. Entre os esqueletos e os estranhos que conheci de perto, vivos e turbulentos, há um salto, estende-se um intervalo que eu, por mais que me exalte, não consigo emendar. Mesmo que nada digam, mesmo que desviem de mim os olhos, percebo que a imaginação dos jovens vai forrando o oco e os vãos dos ossos com um estofo bem diferente da carne e da cólera que eu vi. Bem diferente da pele morna que até mesmo toquei certa vez, lembro bem. A cada estação que passa, fica mais claro que os jovens jamais terão uma idéia do que foram na verdade os estranhos.

Entre as nossas gerações, pertenço a um grupo cada vez mais raro. Orgulho-me mesmo sem querer, mesmo sentindo, no fundo, certa vergonha desse orgulho. Nosso número reduzido insiste em gerar a ilusão de que nossa vida é preciosa. Sei muito bem que tudo foi fruto da sorte e não de algum mérito especial de minha parte. Mas o fato é que conheci o mundo sem os estranhos. Conheci extensões de areia que o vento ondulava e aplainava até a beira da água. Contemplei vastidões de superfície inteiramente lisa, livre de rombos, rasgaduras ou pegadas. Eu e mais alguns poucos ainda podemos afirmar isso. Ainda podemos fechar os olhos e recompor, na memória, ou pelo menos no sonho, nossas paisagens limpas.

Nunca admitimos tal coisa uns para os outros, mas a verdade é que, quando três ou quatro de nós nos encontramos, temos receio de entrar em detalhes das nossas lembranças. Com o tempo, as discrepâncias entre elas têm se mostrado cada vez menos desprezíveis. Um de nós deixa escapar um pormenor sem importância — um formato de orelha, um contorno de ombro — e nos entreolhamos um instante, contendo o susto, para em seguida afundarmos em um silêncio difícil. Adivinhamos que algo ali não coincide com as recordações dos demais. Logo se torna inevitável a suspeita de que outras divergências roem e se ramificam no subsolo, por baixo da nossa camaradagem.

A fim de recuperar a confiança em nós mesmos, desviamos o rumo da conversa, passamos a reclamar dos jovens, que não se esforçam para ter uma idéia apropriada do que foram os estranhos. Porém, à medida que o tempo corre, desconfio mais e mais do testemunho dos poucos da minha geração. Pior ainda, chego a duvidar de mim mesmo e receio que, nas minhas idas e vindas entre o presente e o passado, eu possa ter me traído em alguma curva, possa ter escolhido a seta errada de alguma bifurcação.

Em todo caso, o certo é que os estranhos existiram — nunca é demais repetir, cada vez é mais necessário repetir. Os estranhos existiram. Como eu, muitos os conheceram de perto e, se hoje a maioria deles não se encontra mais aqui, é justamente por terem se aproximado demais dos estranhos. Mas nem era preciso tanto. Assim que nos viam, mesmo de longe, os estranhos saíam ao nosso encalço empunhando suas ferramentas mortíferas. Entre nós, só aqueles capazes de subir mais depressa nas árvores, ou de se enterrar mais ligeiro no chão, conseguiam escapar. Claro que nos odiavam, claro também que nos desprezavam. Porém, a julgar pelo ardor com que nos perseguiam, a julgar pelo estardalhaço com que se lançavam contra nós e nos atacavam, concluo que deviam também nos temer. O motivo para isso continua um ponto controverso.

Alguns alegam que nosso costume de transitar por baixo da terra, ao longo de túneis estreitos, irritava os estranhos. Perturbava seu trabalho e ofendia sua veneração pelo solo. Mas nunca vimos os estranhos perseguir ratos, tatus ou toupeiras. Chegavam mesmo a ter alguns deles como animais de estimação, ou mascotes, que supunham ser de alguma utilidade em suas escavações. Lembro meu espanto quando os vi, pela primeira vez, conduzindo esses animais em gaiolas ou na ponta de cordões. Ainda hoje, trago bem viva na mente minha perturbação quando descobria os estranhos dando de comer na mão a essas criaturas, enquanto afagavam seus pêlos ou sua carapaça rugosa.

Não, minha opinião é outra. Refleti bastante e, embora não tenha como provar, embora saiba que nesse terreno tudo são conjeturas, hoje estou convencido. Sei que zombam de mim pelas costas. É fácil imaginar como sorriem com desdém, fingindo piedade da minha velhice, lamentando minha sanidade frouxa. Não importa, a explicação está em outra parte. Por mais absurdo que pareça, os estranhos nos odiavam e nos temiam porque éramos parecidos com eles. Sem que fôssemos nem de longe iguais, tampouco nos mostrávamos diferentes o bastante. Em nós, os estranhos enxergavam a si mesmos, mas se descobriam truncados, traídos em um desenho que se extraviou do traçado original. Éramos o erro que tinha de ser corrigido.

Ainda jovem, prendendo a respiração, eu os observava oculto entre as folhas. Ou espreitava por baixo da terra rasa, através de duas aberturas, na dimensão exata dos meus olhos. Via como os estranhos se sujavam trabalhando na terra. Via como se lavavam, depois, deixando o rio arrastar a lama grossa que se entranhava até em seus cabelos. Ruidosos mesmo quando estavam sozinhos, eu notava a satisfação dos estranhos com o som das próprias vozes. Uivos, roncos, estrondos ásperos que, mais tarde, eu e outros de nós chegamos a decifrar, pelo menos em parte.

Essa tarefa exigia uma atenção fora do comum. Eu concentrava o foco do olhar nos seus dentes entrecortados de veios marrons, nas sombras da boca oscilante, onde às vezes, em uma penumbra avermelhada, eu via rolar a língua musculosa. Apesar do nervosismo, a exemplo de outros observadores, eu sabia aguardar o momento de ouvir, na voz dos estranhos, a confirmação ou o desmentido de hipóteses antigas ou de meros pressentimentos esboçados pouco antes. Muitos de nós morreram, absorvidos nessas observações. Desde cedo, os estranhos se mostraram implacáveis conosco.

Mas mesmo isso começa agora a parecer duvidoso. Até há pouco tempo eu não me dera conta e, se um de nós, um da minha geração, não me tivesse alertado, com certeza essa tendência ainda hoje me passaria despercebida. Lembro com que cautela ele baixou a voz, correndo em volta um olhar vigilante, e me confessou a sua impressão, a sua descoberta: os jovens mostram-se cada vez menos dispostos a crer que os estranhos nos tenham perseguido com a fúria, com a obstinação que acusamos, e que afinal vimos, frente a frente.

Admito até que, com o tempo, possamos ter exagerado um ou outro aspecto. Isso seria compreensível, levando em conta o nosso empenho em cunhar com mais vigor, no espírito dos moços, uma imagem tangível dos estranhos. Sei também que há nos jovens perspicácia e intuição de sobra para reconhecer essas deformações do exagero, embora infelizmente eles não sejam capazes de delimitá-las com justiça. Tolhidos entre o nosso zelo teimoso e o seu orgulho ferido, os jovens tendem a crer que nós os julgamos tolos. Desconfiam que estão sendo enganados de muitas formas.

Com tudo isso, e mesmo admitindo nossos prováveis erros, é de admirar a recente tendência para reformular a imagem dos estranhos — sempre a favor deles e em detrimento dos da minha geração, justamente aqueles que os estranhos afligiram de forma impiedosa. Trata-se de uma corrente ainda vaga, pouco mais do que uma pressão subterrânea. Mal despontam indícios, aqui e ali, sobretudo nas classes mais jovens.

No entanto, até mesmo para sobreviver junto aos estranhos, eu e os outros da minha geração, quando moços, aprendemos a prestar atenção a certos detalhes. Adestramos nossa capacidade para interpretar as alterações de ânimo mais sutis. É fácil supor que daqui a algum tempo, quando não estivermos mais diante dos jovens, a história dos estranhos venha a se apresentar de maneira muito diferente. Não é impossível que passem a ser retratados como criaturas amistosas, brandas, ou até injustiçadas. Pode ser também que a existência dos estranhos acabe simplesmente desmentida, e que isso constitua a lei geral.

De certo modo, esse seria um castigo merecido. Há tanta coisa que não fomos capazes de explicar na vida dos estranhos, são tantos os movimentos insólitos que sobrecarregam nossos relatos, que muitas vezes minhas palavras parecem ter a densidade do vapor, quando voam de encontro às dúvidas maciças dos mais jovens.

Prevenido, desvio os olhos para não ver o sorriso que os moços sufocam por trás dos lábios quando conto de que modo os estranhos comiam. Usavam réplicas, em escala reduzida, das ferramentas com que revolviam a terra. Ao descobrir como os estranhos escavavam sua comida no fundo de cuias e latas, um dos mais talentosos observadores da época propôs uma teoria que ainda prevalece — muito embora, hoje, os jovens deixem transparecer uma insatisfação crescente com o aspecto talvez imaginoso dessas suposições. Segundo essa teoria, na verdade os estranhos desejavam ardorosamente comer a terra mas, por algum motivo desconhecido, não eram capazes de fazê-lo.

O escárnio que os jovens afogam na boca emerge de volta nos olhos. É duro — não há como refutar um olhar. No entanto, a teoria faz sentido. Explica a sofreguidão com que os estranhos atacavam a terra, esmiuçavam as camadas do solo. Elucida a avidez com que os estranhos, em seu desespero, buscavam um contato corporal com a terra, pois no fundo se tratava de uma fome que não podia ser saciada. Com assombro, oculto entre as folhas, eu observava os estranhos remoendo as minúcias da comida nos cantos da boca, sondando o alimento à cata de vestígios misteriosos, e via naquilo o retrato de uma insatisfação sem remédio. Volta e meia, com uma detonação áspera, os estranhos cuspiam para o lado um detrito imprestável, algo que não lhes servia sequer para iludir.

Coisas assim não contribuem para estabelecer a credibilidade da existência dos estranhos. Há pouco tempo um de nós chegou a sugerir, em segredo, que adicionássemos elementos mais banais a nossos relatos. Com a respiração um pouco agitada, ele argumentou que, desse modo, seria mais fácil os jovens se mostrarem receptivos às nossas lições. Pelo menos, ele alegou, quase em pânico, teríamos um ponto de contato efetivo com os mais moços.

Pode ser. Mas, se o que inventarmos e acrescentarmos a partir de agora for considerado tão verdadeiro quanto aquilo que vivemos de fato, qual será em última instância a diferença entre terem ou não realmente existido os estranhos, em algum tempo? Todo o nosso passado não valeria mais do que uma mentira tolerável. Uma invenção conveniente. Teríamos feito de nossas palavras e de nós mesmos os fantasmas de nossas convicções mortas.

Outro dia, topei com um grupo de jovens que riam com desenvoltura. Ao notarem que eu me aproximava, prenderam o riso com algum esforço. Tentei deixá-los à vontade e consegui, enfim, saber do que riam tanto. Uma anedota. O pai tentava convencer o filho de que sofria de visão dupla: Tudo o que você olha, vê em dobro, disse o pai. O menino retrucou: Se fosse assim, eu não veria no céu dois sóis, mas sim quatro.

Fingi achar graça, deixei entrever o arremedo de um sorriso. Com meias palavras, elogiei a finura do gracejo, mas os moços agora, depois de contada e repetida a piada, pareciam amargos. Parecia que eram eles o garoto da anedota, importunado pelo pai, iludido pela luz de todos os sóis. Quando me afastei, vi que um ou dois deles, com a ponta dos pés, num movimento que parecia mecânico, esfolavam de leve o chão às suas costas.

Lembro como o número dos estranhos cresceu, pouco a pouco, à nossa volta. Vinham todos da mesma direção, do outro lado das montanhas, e quase nenhum retornava para lá. Em tudo, deixavam patente que não estavam habituados com o tipo de vida que passaram a levar aqui. Nas atitudes mais simples, davam a entender que eram habitantes temporários destas terras. Em breve, os estranhos se tornaram tão numerosos e o espaço para eles tão reduzido que começaram a brigar entre si quando um deles se punha a cavar próximo ao buraco de outro. Ou quando, para se lavar, um estranho se colocava muito perto de outro, dentro do rio, cujas águas, nessa época, eles também passaram a revirar, raspando o fundo e enlameando a corrente.

Nessas brigas, os estranhos tentavam se furar usando as mesmas ferramentas com que comiam. Tornou-se uma visão comum a forma de um corpo boiando na água vagarosa, esbarrando nos caniços, dando meia-volta sob a pressão lenta do rio, e depois indo em frente. Eu observava com curiosidade o pano encharcado, as roupas infladas pela água, o corpo enfim leve. Acho que só assim os estranhos sabiam repousar.

Até por hábito, resmungamos a todo instante contra os jovens. Mas, a rigor, nos últimos tempos, não podemos nos queixar de uma absoluta falta de interesse da parte deles. Às vezes encontro um moço parado na margem do rio, acompanho o seu olhar pensativo voltado para a corrente e adivinho que ele enxerga o corpo de um estranho passar à deriva. Ao sentir-se observado o moço disfarça, se recompõe, empurra com a ponta do pé uma pedrinha para dentro da água e se afasta devagar, com um descaso estudado.

Mas não é só isso. Alguns jovens têm nos feito mais perguntas sobre os estranhos do que seria de esperar. São poucos, admito. E seu interesse irrompe em surtos esporádicos. As perguntas não indicam um conhecimento progressivo, mas uma acumulação caótica de informações. Por essa razão, alguns de nós acreditam que eles façam perguntas apenas para nos agradar, e alertam que estaremos perdidos, de uma vez por todas, se começarmos a confundir curiosidade com indulgência. Sem necessidade, lembram que, no passado, muitos acabaram trucidados pelos estranhos, quando erroneamente tomaram por sinais de tolerância aquilo que não passava de um momento de distração.

Seja como for, de uns tempos para cá um desses moços tem atraído minha atenção de um modo especial. Seu interesse me soou menos esquivo. Suas indagações, menos porosas. A princípio eu enxergava com simpatia a sua curiosidade, e a minha esperança, que havia quase desaparecido, chegou a se reanimar um pouco, atiçada por suas perguntas. De forma gradual, no entanto, e para minha surpresa, fui percebendo uma mudança, uma curva escorregadia em nossas relações, havia um fundo de lodo que sem sentir desviava meus pés do rumo. Enfim, um dia descobri que eu passara a aguardar com receio as dúvidas desse moço. Seu olhar direto e a aprovação em seu rosto vinham agora bater em mim como ofensas. No seu discreto desejo de informar-se entrevi as rugas da bisbilhotice, ou coisa pior.

Incapaz de me controlar, eu fugia de suas solicitações, me desviava de suas perguntas, em uma dança cega que aquele moço fingia não perceber. Passei a dar respostas obscuras, incompletas ou mesmo deliberadamente erradas. Entendo que desse modo eu apenas aumentava a confusão, mas não era esse o interesse, não era essa a fé que sonhei encontrar nos jovens. Mais por instinto do que por algum raciocínio, comecei a temer o uso que ele poderia fazer do meu conhecimento. E me assustei com a impressão de que seria muito fácil, para ele, tomar o passado não como uma advertência, não como um desafio à reflexão, mas sim como um espelho destinado a entreter a sua frivolidade juvenil, a sua energia sem propósito.

Em conversa com parceiros de geração, tomei coragem e comentei por alto minhas desconfianças. Era vago, e até eu tinha minhas dúvidas. Mas, às vezes, as feições do moço pareciam fazer alusão a fisionomias conhecidas. Certas linhas rarefeitas guardadas na memória ganhavam, por um momento, a espessura da carne, a vibração do osso. Curvas, saliências e tremores que eu supunha já ter visto em outra parte.

Não empurrei meu pensamento além desse ponto. Deixei que meus colegas de geração levassem adiante a idéia que eu mesmo temia completar. Mas todos se esquivaram. Contaram anedotas a respeito dos jovens e, juntos, sacudimos nosso riso de fôlego curto. Sem ser notado, encarei um por um e acho que todos ali sabiam do que eu estava falando. Pareciam mesmo resignados à idéia da derrota e de morrer em breve.

Cada vez se torna mais difícil esconder de mim mesmo o que descobri. Quando muito, esqueço por um tempo — uma pausa em que a verdade parece retomar o fôlego, no fundo da minha mente. Bem ou mal, certa manhã vi, como nunca havia visto, o moço que me assediava com sua curiosidade. Ele estava distraído e não me viu. Não tive coragem de me esconder, propriamente falando, mas deixei as coisas como estavam, não o preveni da minha presença e concentrei sobre ele a carga da minha antiga atenção. Em pouco tempo, reparei que o jovem alisava o solo com a mão quase inconsciente. A intervalos, colhia um ou outro grão de terra na ponta dos dedos. Sem olhar, apenas por meio do tato, ele estudava o resíduo com um carinho que já me pareceu experiente. Em seguida, largava-o de novo, com um fraco meneio da cabeça, um gesto que exprimia certa frustração. Mas nisso posso estar enganado.

Não tenho mais a habilidade de outros tempos, é claro. Mas ainda sei me ocultar entre as folhas, ainda sou capaz de me enfiar na terra rasa e espreitar em segredo lá debaixo. Isso tem sido útil, pois, sem querer, sem ter nada premeditado, deparei com os mesmos traços em outros jovens. A mesma maneira evasiva de mexer na terra, com o olhar voltado para outra direção. Coisas que se manifestam com mais vigor — de fato, quase com fúria — quando os jovens não se sabem observados.

Quando nascem, nada se percebe neles ainda. Porém, à medida que seus corpos se desenvolvem, florescem linhas e feitios que refletem, em impulsos incompletos, relevos já conhecidos de outros tempos. Ainda há pouco cheguei a ver três ou quatro desses jovens tentando, a duras penas, recuperar os restos de uma ferramenta dos estranhos emaranhada entre cipós e lianas, junto à margem lamacenta de um brejo. Eram tantas as voltas e tão embaraçados os nós que cingiam os restos do metal que os moços acabaram desistindo. Mesmo de longe, pude sentir sua decepção. De fato, de onde eu estava, eram apenas silhuetas sem rosto, borrões oscilantes na luz difusa da lua. Mas mesmo de longe, insisto, mesmo sem ver muito bem, entendi que eles voltariam em outra hora, com uma determinação ainda maior.

Na história dos estranhos há no entanto uma questão acerca da qual os jovens jamais fazem perguntas. Mais do que isso, há uma coisa que eles na verdade não gostam de ouvir. Vejo bem como se mexem, como suspiram e tossem constrangidos, engasgados com aquilo que eu lhes digo, com as verdades que empurro para dentro de seus ouvidos. Não sei quando comecei a me dar conta disso. Mas hoje não tenho dúvida de que os moços me escutam com um desgosto ofendido, com um horror disfarçado, quando falo sobre a peste que deu fim aos estranhos.

Como quase tudo a respeito dos estranhos, esse ponto também não está claro. Manchas na pele, visão turvada até a cegueira, sinais de perda da razão, tantos males se aliaram para devastar os estranhos que até hoje não pudemos estabelecer qual o princípio da doença, nem com que instrumento o mal lhes aplicava o último golpe, o sopro febril que os impelia para o fundo da terra.

Ninguém contesta que os estranhos começaram por não dar atenção aos doentes, deixando que cada um cuidasse de si. Quando ficou claro que a moléstia, de forma irremediável, levava à morte, os estranhos puseram-se a brigar uns com os outros, disputando por antecipação os despojos do que ia morrer. A idéia de que se tratava de algo contagioso só acudiu mais tarde, e os pertences do morto passaram a ser enterrados com ele, ou queimados, para que o caixão pesasse menos.

Os estranhos sadios começaram a confinar aqueles que julgavam afetados pela doença em uma área mais abaixo, no vale, descendo o rio. Faziam questão de que a água que utilizassem não tivesse sido tocada por nenhum estranho ferido pela peste. Não temiam apenas beber ou banhar-se no rio, como seria de esperar. Acreditavam que seriam também contaminados caso urinassem na água corrente adulterada pelo contato com os enfermos. Para os estranhos, ao que parece, o elemento líquido era, antes de tudo, um condutor, um veículo que nunca pára de se mover, uma passagem sempre desimpedida e aberta em todas as direções. E por isso, suponho, e também como forma de matar sua sede enorme, os estranhos tinham especial satisfação ao se aliviar em águas limpas e intocadas.

Portanto, os estranhos passaram a se prevenir, banindo os doentes. Mas o rio dá muitas voltas, escoa e reflui ao longo de ramificações estreitas e de canais subterrâneos. Braços tortuosos se abrem para todos os lados, em ramais por onde a mesma água vai e vem, como se nunca chegasse afinal a sair do vale. E isso os estranhos não podiam prever.

A atividade dos coveiros aumentava dia após dia, mas nem assim os estranhos deixavam de nos perseguir. Nesse tempo, bem entendido, eles se mostravam ainda mais raivosos conosco, atribuindo a nós a origem da peste e da sua desgraça. Por mais furtivos que tenham sido nossos contatos com os estranhos, alguns de nós, hoje, chegam também a admitir que nossa convivência foi mesmo fatal para eles. Não de uma só vez, não no curso de uma linha reta. Mas graças à acumulação de efeitos invisíveis, camada após camada, que o tempo pouco a pouco veio sedimentar. De um modo ou de outro, somos no fundo inocentes.

Está claro que nada disso pode ser comprovado. Mas não há dúvida de que, de uns tempos para cá, mencionamos e repetimos essa explicação com certo contentamento, provando pela primeira vez o gosto das vinganças póstumas. Com certeza há de ser um sabor bem diferente o que os jovens experimentam quando ingerem à força as minhas explanações.

O trabalho dos coveiros chegou ao máximo de intensidade e, logo em seguida, de uma hora para outra, cessou de todo. Foi na estação das chuvas. Durante dois dias, o ar fugiu, deixando em todos uma sensação de abafamento. O céu se retraiu atrás das nuvens, tomou impulso e depois veio abaixo com estrondo. Os aguaceiros quebravam um após outro, com fúria, encharcando a terra, inundando os buracos abertos pelos estranhos, quase pondo a nu as covas e o seu conteúdo. As águas do céu e da terra misturavam as impurezas da peste em uma só correnteza, que fervia, sem descanso, ao redor dos estranhos.

Os mortos agora ficavam onde houvessem caído. Os vivos, em número cada vez menor, perambulavam sem rumo, afundando os pés no barro molhado, na relva densa, e suas pegadas enchiam-se logo de água, que corria com avidez para dominar todos os espaços vazios. Alguns estranhos, já quase cegos, brandiam no ar suas ferramentas, entoavam longos uivos oscilantes que espantavam os micos e os passarinhos e faziam estremecer as folhas no alto das árvores. Outros apenas se deitavam, recostados a uma pedra, cravavam fundo os dedos, pela última vez, na terra mole e ensopada, e se deixavam morrer devagar. Assim acabaram os estranhos, assim se foi o último deles.

Quando concluo meu discurso sobre o final de tudo, sobre o último dia dos estranhos, volto a mim e descubro, no olhar dos moços à minha volta, mágoa e abatimento, medo e ódio, a massa crescente de rancores que eles ainda conseguem manter abafados. Não demora muito e os jovens terão a certeza de que eu os desmascarei, quebrei por fim a casca do seu segredo. Sei que os confundo, sei que os atormento com a minha insistência em relatar esses fatos, e agora entendo muito bem por que não gostam, por que não querem de maneira alguma ouvir. Nem poderia ser de outro modo. Mas tenho repetido essa história com ênfase cada vez maior, com palavras sempre mais contundentes, como um último recurso para me defender, como se essa história, de algum modo, ainda pudesse me salvar.

Nosso tempo passou. Pouco conseguimos no esforço de entender os estranhos. Porém, mesmo sem perceber, mesmo que não tenha sido essa a intenção dos estranhos, aprendemos muita coisa com eles. Não apenas o que é uma pá, ou para que podem servir as ferramentas.

Sei o que me espera, em breve. Mas agora os jovens estão também avisados. Sabem o que os aguarda, mais cedo ou mais tarde, se não voltarem para o lugar de onde vieram. E eles não podem voltar. Eis o que os estranhos nos deixaram. Uma acumulação de efeitos quase invisíveis, camada após camada, que o tempo veio sedimentar.

Olho para os moços, acompanho seus sorrisos sem cor e os imagino, daqui a pouco tempo, amarrando sacos de areia na cintura, pondo sobre si mesmos um lastro para impedir que sua sombra fuja pelo chão e os abandone. Com facilidade, como se fosse a coisa mais natural do mundo, imagino esses moços arrastando um caixão, cuja quina vai riscando o barro úmido com um chiado duro. Hoje sei o que é um coveiro, sei o que é uma cova. Sei o que vem a ser um caixão e, enfim, após todos esses anos, sei muito bem o que há dentro dele. O caixão onde em breve seguirei ao encontro da terra — macia, amiga, impossível terra.

ENQUANTO A FLECHA VOA

Não importa a pontaria, não interessa se a mira treme ou não, a gente acerta por acaso e erra por necessidade. Isso é o que ela poderia concluir, mais tarde, quando resolvesse parar para pensar no que aconteceu. Pois se não fosse trabalhar no hotel, talvez ela nunca tivesse percebido que havia alguma coisa errada em viajar. Era para ser apenas um emprego, um salário no final do mês. Não uma lição mil vezes repisada, não uma febre que ia arder de leve durante quase toda a sua vida. Ela era nova ainda quando começou, pouco mais do que uma menina, e, do jeito que os turistas cruzavam o saguão à sua frente, ela podia pensar que tinham as costas em chamas.

Receosa diante do vaivém de centenas de hóspedes, logo jurou a si mesma que faria o possível para não ser carregada para longe no redemoinho de alguma viagem. Até mesmo o percurso entre sua casa e o hotel ela o cumpria, dia após dia, como uma patrulha pelas fronteiras do seu território. Alerta, com as linhas de um mapa acesas por trás dos olhos, ela demarcava seus limites e conferia a segurança de sua posição no mundo. Para Eunice, a repetição era o mais persuasivo dos argumentos. Vestir um uniforme todas as manhãs era aniquilar, botão por botão, todo sentimento de dúvida. Assim, em pouco tempo Eunice se convenceu de que nesse trajeto, indo ou voltando do hotel, não deixava para trás nada do que era seu.

Muito tempo mais tarde, não pôde continuar trabalhando ali. O hotel já não existia e os elevadores jaziam inertes, em uma fileira de esquifes, no fundo do poço. Só então ela pensou entender o que talvez impelisse para a frente todos aqueles viajantes que, durante anos, tinha visto debandar pela porta da rua. Confuso, rarefeito, um sentimento planava pelas escadas vazias, voava rente aos seus cabelos já brancos, a essa altura. Nada tinha sobrado para deixar para os outros. Nada mais havia que os outros ainda pudessem tomar das suas mãos.

Quando menina, o hotel era o prédio mais alto dos arredores e seu feitio arredondado solicitava de Eunice a idéia um pouco alarmante de uma coluna que sustentava o céu. Anos depois, quando ela começou a trabalhar ali, o bairro tinha se desenvolvido. Outros edifícios começavam a reclamar a primazia na paisagem ainda ampla, onde o vento do mar podia por enquanto circular com folga. Embora já não fosse o prédio mais alto, o hotel era sempre o mais antigo e contava com a vantagem de se erguer isolado no coração de um terreno vasto onde nada mais podia ser construído. Na maior parte do dia, a sombra do hotel se deitava inteira e rolava sozinha, horas a fio, em uma área onde a sombra de nenhum outro edifício vinha tocar a ponta dos dedos de suas antenas.

Eunice recolhia os lençóis, refazia as camas, limpava e arrumava os quartos, semana após semana. No início, ainda não se notava em seus gestos a urgência de quem presta um socorro. No início, ela ainda não se dava conta da alegria que quase ardia em seu rosto ao ver como tudo voltava exatamente ao que era, antes que os hóspedes tivessem passado por lá. A sensação de um erro corrigido, da reparação de uma injustiça, talvez até o contentamento de uma desforra passasse pelos seus dedos ao esticar a roupa de cama, ao alisar o lençol, embora ela soubesse muito bem que naquele mesmo instante um novo hóspede já vinha, afoito, subindo pelo elevador.

Assim como as malas e os sapatos dos hóspedes riscavam estradas escuras nos tapetes do hotel, a corrente de estrangeiros gravava, cada vez mais forte, uma certeza no espírito de

Eunice. Bastava esfregar o aspirador de pó sobre o tapete para ver sumir, em um minuto, as rotas daquele mapa de pânico. Mas não havia como apagar a sensação de que todos os viajantes chegavam e partiam compelidos por uma mesma força, diante da qual não sabiam como resistir. Do mesmo modo que eles não haviam sido capazes de ficar no local de onde vinham, tampouco tinham forças para permanecer de uma vez por todas ali onde estavam agora.

Eunice assistia ao movimento dos hóspedes cada vez mais segura de que não agiam por vontade própria. Chegavam como se um tropeção os tivesse jogado lá. Haviam despencado em uma ladeira e o hotel apenas se interpunha de repente no seu caminho, a cidade caía sobre eles como o vôo traiçoeiro de uma rede lançada sobre pássaros. Para Eunice, a intenção do hotel devia ser tirar proveito da passagem forçada dos viajantes por ali, arrancar deles o que fosse possível, em troca da ilusão momentânea de estarem firmes, seguros, de terem onde se agarrar. Durante alguns dias, eles ficavam rodando às tontas dentro da armadilha, até que surgisse uma brecha, até que um fio se soltasse, e, então, eles seguiriam adiante.

Alguns estrangeiros até que tentavam se mostrar simpáticos. Faziam certa força para se comunicar na língua de Eunice e riam de si mesmos, sabendo muito bem que seus roncos, seus uivos e pios anasalados fariam a moça desatar algumas risadas. Ainda jovem, ela de fato achava graça. Não conseguia por enquanto ouvir o rumor abafado que vibrava por baixo do riso dos estrangeiros. Mesmo assim, bem depressa ela compreendeu até que ponto poderia rir sem colocar em risco o seu emprego. Intuía desde cedo o perigo de se desprender do hotel.

A maioria dos estrangeiros, no entanto, parecia impaciente. Magoados não se sabia bem por quê, mal conseguiam, diante de Eunice, conter a rispidez das palavras que tremiam na beira de seus lábios franzidos. Ela procurava se acalmar, explicando para si mesma que eles deviam estar exaustos com os deslocamentos sucessivos, desnorteados pelas mudanças de clima e de hora. Eunice pensava em quanto céu devia pesar sobre a cabeça daquela gente.

Apesar disso, tornou-se impossível fugir da idéia de que a terra de onde eles vinham só podia ser ruim. A julgar pelo que enxergava nos viajantes — e nem em sonho ela pediria um testemunho mais concreto do que esse —, Eunice tinha de concluir que, para eles, era mesmo melhor fugir do que viver lá. As colegas do hotel riam com o canto da boca quando Eunice deixava escapar alguns desses pensamentos, e chegavam a balançar a cabeça quando ela, com interjeições cortadas no fundo da garganta, explicava que de jeito nenhum gostaria de ir ao país ou à cidade dos hóspedes.

O problema é que os hóspedes pareciam chegar de toda parte. Do Oriente e do Ocidente, das montanhas e do mar, os caminhos de todos se entrecruzavam no hotel. Por alguns dias, aqueles desconhecidos se esbarravam na porta dos elevadores, tropeçavam nas malas uns dos outros, trocavam sorrisos apagados como se pudessem infundir nos parceiros o ânimo que na realidade não sentiam para seguir adiante. A conclusão inevitável, para Eunice, era que no mundo não havia aonde ir.

O pior é que, mesmo sem sair do hotel, Eunice às vezes acabava sorvida pela impressão de que era ela quem estava viajando ali dentro. Traída pelo entra-e-sai dos visitantes, iludida pela enxurrada das grandes excursões que escoavam pelos corredores, Eunice chegava a aceitar a sensação passageira de que o hotel também se deslocava pelo mundo, descia pela mesma ladeira, atropelando de passagem aquelas pessoas que entravam pelas portas abertas.

Ela estudava os estrangeiros com tanta sede, procurava com tanto empenho em suas feições o sinal de alguma terra menos amarga, que às vezes sentia um afastamento, um giro no vazio, uma mudança do ar à sua volta. De um hóspede para outro, Eunice varava continentes, saltava oceanos inteiros, via o sol voar sobre o ombro de montanhas com pedras e pontas tão aflitas como ela jamais encontraria, olhando pela janela do ônibus que a levava de volta do trabalho para casa.

Mas isso era raro. Passava logo. Prevalecia o sentimento de que o hotel estava firme e cravava suas raízes no solo de um barranco, por onde os hóspedes desciam rolando. Para Eunice, o mundo era inclinado, a Terra se curvava para baixo e tudo deslizava sobre as suas costas, tragado por um declive sem fundo. Bem ou mal, o hotel acabava representando a escora onde Eunice podia ainda se segurar.

Desde a primeira vez em que Eunice subiu ao terraço do hotel, toda essa idéia ganhou corpo, encarnou-se em um desenho palpável. Com admiração, ela contemplava lá de cima os carros disparando pelas pistas largas, como se o chão os sacudisse para a frente. Via que os engarrafamentos apenas a muito custo conseguiam reter aquela torrente por algumas horas. Do terraço, Eunice observava como o vento arrepiava sem descanso as árvores na encosta dos morros. Ela recebia na própria pele, nos cabelos sugados pela ventania, a confirmação de que ao seu redor o mundo vinha abaixo. Estreitando as pálpebras de frente para o vento que corcoveava sobre o seu rosto, ela calculava quanta sorte tinha a pessoa que ainda conseguia, com tudo isso, ficar parada, como ela.

Ao estender o olhar mais para longe, Eunice via que a água do mar também corria, ora em uma direção, ora em outra, puxada por uma inclinação que, a intervalos, podia mudar de rumo. Quando o tempo estava limpo ela enxergava, por último, como a linha do horizonte descaía de fato nas extremidades. No perfil do horizonte, ela via que a terra inteira era um arco puxado para baixo por alguma tensão enorme. Até onde era possível distinguir, Eunice seguia aquela linha com os olhos e lia, sílaba por sílaba, a frase que confirmava a verdade do seu sentimento — a curva em que tudo terminava por cair, mais dia menos dia, quando não tinha mais forças para se segurar.

Nessa altura, ela passou a encarar de outro modo a própria casa onde morava. Sabia que o mesmo turbilhão rondava as paredes dos quartos, chiava na fresta das portas, e a mãe, o pai e a irmã, com quem vivia, pareciam agora vulneráveis demais às rajadas daquele mesmo movimento. Um sofá velho substituído na sala ou uma televisão trocada por outra faziam eclodir rombos por onde as coisas começavam a vazar. Até um tubo de pasta de dentes que terminava e tinha seu lugar ocupado por um novo no armário do banheiro precipitava em Eunice o presságio de que em breve o pai, a mãe, a irmã e a casa mesma iriam todos embora. Eram hóspedes, eles também. Iam sendo levados, também, todos eles, no curso de alguma viagem que, durante um tempo, os fez apenas cruzar o caminho de Eunice.

E na verdade um a um eles se foram. Sílaba por sílaba, eles caíram. Os pais morreram, a irmã se mudou, Eunice casou e foi morar em outro endereço. Em uma rápida seqüência, ela teve três filhos. Toda manhã, conferia um por um os componentes da sua família, cuidando de suas roupas, velando pela sua comida, e às vezes chegava a acreditar que pelo menos aquilo havia de estar bem plantado na terra.

Com o tempo, porém, o marido passou a se mostrar mais e mais alheio. Muitas vezes nem dormia em casa. Além disso, Eunice via os filhos mudando de cara, mudando de voz, os dentes cada vez mais fortes, via os filhos crescendo como quem foge para longe, com um ímpeto que vinha dos ossos. E por fim todos se foram, mais uma vez. Conseguiram emprego em outras cidades, escreveram para ela durante um tempo, mas suas frases soavam cada vez mais com o sotaque dos estrangeiros. Cada vez mais suas palavras arranhavam no telefone com a areia das suas viagens, e Eunice preferia não ter de responder. Com alívio, viu todos enfim silenciarem. Restava o hotel.

A essa altura, o dono do hotel era um ancião de olhar meio morto. De vez em quando, hospedava-se no próprio hotel e irritava os empregados com suas exigências. Sua pele trazia as cicatrizes das terras geladas de onde tinha vindo, muito jovem. Sua voz ainda estalava, pisando cascalhos de alguma praia sem vida. Nos últimos anos, antes de morrer, o velho costumava celebrar orgias na suíte do último andar. Fazia subir até lá moças e rapazes que atravessavam o saguão, rumo ao elevador, olhando para os lados com ar de desprezo, ao mesmo tempo em que ondulavam os ombros com exagero.

Os hóspedes reclamavam, ameaçavam mudar de hotel, o que, para Eunice, era mesmo o máximo que poderiam fazer. Com sorrisos e desculpas, os funcionários tentavam desviar a atenção dos viajantes, mas o descaso do dono fez baixar demais a qualidade dos serviços. Rumores sobre dívidas tomaram de assalto o hotel. Boatos desencontrados sitiavam as ruas em volta do prédio. O número de quartos vazios cresceu a cada semana. Os nós da rede se afrouxaram, os buracos se alargaram, e através deles muitos hóspedes passavam direto, seguindo em sua queda.

Quando o velho morreu, os filhos suspiraram de alívio. Mas, depois de fazer as contas, eles preferiram abandonar o hotel à própria sorte. Aos poucos, os funcionários começaram a procurar outros empregos. Durante muito tempo comentou-se que o hotel seria vendido, no entanto, os compradores jamais tinham rosto ou nome.

Mais tarde, Eunice pôde se admirar da tenacidade com que o hotel se agarrou ao solo e como ele conseguiu morrer o mais devagar possível. Graças a pacotes de excursões e convenções, o hotel ainda se manteve ativo por alguns anos, ocupado apenas até a metade. A rigor, o hotel morreu de cima para baixo.

105

Era estranho pensar que do oitavo andar em diante havia um prédio fantasma. Eunice às vezes ia até lá, vagava entre os casulos escuros, a colmeia murcha e deserta. Móveis, instalações, fiação e até tacos do assoalho iam sendo pouco a pouco transferidos para os andares de baixo. Aos pedaços, o hotel ia também tombando pelo mesmo plano inclinado em que os hóspedes rolavam.

Quando tudo cessou e cavaletes de madeira barravam a porta principal do saguão, meia dúzia de funcionários mais antigos continuou de serviço, até que se definisse o destino do prédio. Pouco mais do que vigias, entre esses empregados estava Eunice. A notícia de que o terreno fora leiloado e de que o hotel em breve seria demolido chegou acompanhada de uma carta, contendo as cifras da indenização que caberia a ela.

Por essa época, Eunice também já sabia que sua casa estava no caminho por onde iria passar uma via expressa e teria de ser desapropriada pela prefeitura. Eunice somou as duas indenizações e depositou em um banco. Disse para si mesma que havia resistido enquanto fora possível, mas admitiu que agora suas pernas já não eram tão firmes e teve de reconhecer que o chão tremia com mais força sob seus pés.

Fez a mala, uma só, e pela última vez fechou a porta da casa pequena e pobre. Olhava o bairro em volta e, após tantos anos, não reconhecia sequer as calçadas. Calculou que seu dinheiro daria para viver sem preocupação durante um tempo em algum lugar no interior, mas não sabia direito onde. Imaginou que talvez tivesse de ir passando de uma localidade para outra e previu que teria de fazer a mala de novo algumas vezes. Mas não muitas. Sem saber bem o motivo, ela contava viver ainda mais uns oito anos, no máximo.

O certo é que pela primeira vez Eunice se preparava para viajar. Compreendia que estava prestes a seguir o mesmo rumo de todos os que vira passar pelo hotel. Com surpresa, descobriu que não se sentia tão mal quanto esperava. Lembrou-se dos hóspedes, recordou seus passos de condenados pelos corredores e se perguntou se era isso afinal o que eles experimentavam. Quis saber se era desse jeito que queimava a chama que, para ela, ardia nas costas dos viajantes. A caminho da rodoviária, disse para si mesma que não se importaria muito se por acaso perdesse a mala.

Eunice respirava devagar, com o sentimento aéreo de que podia estar perto de alguma coisa amiga. De um jeito ou de outro, era boa a certeza de que não precisava se apressar. O que quer que fosse aquilo, estaria sempre lá, no final, à sua espera. Enquanto se instalava no ônibus que a levaria embora dali, Eunice captava, em sinais fracos, intermitentes, uma doçura sem definição, sem certezas, que resvalava em seu rosto e que só podia vir dos anos ainda em branco do futuro.

Eunice abriu bem os olhos quando o ônibus desceu o primeiro viaduto e viu a estrada se esticar adiante, sobre um mundo que se aplainava de um só golpe, reto em todas as direções. O arco tenso e recurvo do horizonte tinha sido solto de repente e a flecha havia disparado contra o céu. Eunice tentava saborear o que parecia novo, o que vinha até ela emaranhado no vento através da janela aberta, e não conseguia entender como fora preciso esperar tanto tempo para chegar àquilo, algo que dançava à sua volta e podia ser uma espécie de calma, ou até uma forma de felicidade. A idéia hesitava, com medo de crescer demais na sua cabeça. E no mesmo instante Eunice adivinhou que a parte mais difícil da sua vida ia começar agora.

107

OS DISTRAÍDOS

Ainda que eu feche os olhos, mesmo que eu tape os ouvidos e comprima com força as mãos sobre as orelhas, percebo na pele, sinto nos ossos que o mundo trepida e bufa, agitado, à minha volta. Sempre me admira que tudo se esforce tanto em se mostrar, sempre me espanta que com tamanha sofreguidão todos queiram aparecer. Para mim, esconder-se é a habilidade suprema e manter-se oculto constitui o talento mais precioso de todos.

Mas nem sempre pensei assim, antes eu era como os outros. Entrava no elevador e as quatro pessoas que meus olhos viam eram as quatro pessoas que o elevador de fato carregava. A voz que meu ouvido escutava no telefone representava, para mim, a mesma voz que falava, bem longe dali. Minha mão espremia uma esponja encharcada e a água que escorria entre os dedos era — assim eu acreditava — a mesma água que ela, antes, havia absorvido. Mas a essa altura, em algum lugar, em algum vão mais sombrio, ele já me espreitava pelas costas. Sem que eu notasse, ele já vigiava, com ar de gracejo, a inocência dos meus movimentos e media, com uma ponta de escárnio, a extensão da minha crença descuidada.

Quando tudo se empenha tanto em aparecer, em correr de encontro aos nossos olhos e ouvidos, quando tudo parece ávido de atirar suas quinas e seus contornos sobre os nossos dedos, a atenção se torna um exercício fútil, um luxo dispendioso, uma arte para frívolos. Aprendi que, neste mundo, quem se mostrar muito atento perderá sua hora, perderá seu ônibus, será chamado de tonto, desleixado, e no fim sentirá estalar no rosto o menosprezo que é a recompensa reservada aos distraídos sem remédio.

Mais até do que o menosprezo, prestar atenção atiça o rancor, incendeia a indignação ao nosso redor, pois desse modo nos colocamos em um abrigo, recuamos para fora do alcance dos outros, erguemos à nossa volta um maciço bloco de ar e deixamos o mundo vazar através de nós, sem sequer nos tocar. O sonho do observador é se anular diante daquilo que é observado. Um sonho possível. Aprendi isso aos poucos, graças a ele, graças à sua presença perfeita, que até hoje nunca se deixou ver.

Mas, se é mesmo assim, como me dei conta de que ele estava aqui? Na primeira vez, foi algo menor do que uma sensação, porém maior do que um raciocínio. Sozinho na sala, tateando a maciez do tapete com os pés descalços, um pouco embriagado pelo rumor da televisão ligada no apartamento vizinho, me apanhei, por algum motivo, refletindo assim: se não posso ver ao mesmo tempo tudo o que está nesta sala, se ao virar a cabeça para o lado metade do mundo desaparece de repente atrás de mim, o que impede que haja agora alguém aqui e eu não saiba? Se meus olhos estão sempre voltados para a frente, como posso estar seguro de que não haja alguém, neste mesmo instante, olhando para a minha nuca?

Com um gesto sobressaltado, virei para trás e tudo o que vi foi o espelho oval na parede. O vidro devolveu o meu sorriso meio sem graça, em face do meu próprio ridículo. Mas nesse momento, com a sensação de que o espaço da sala havia encolhido, pressenti que ele estava ali, ocultando-se habilmente na faixa estreita onde o foco dos meus olhos e o raio do reflexo do espelho não podiam alcançá-lo.

Sua perícia fica mais patente quando lembro que, atônito, circulei um pouco pela sala, olhando para os lados, o que, sem dúvida, o obrigou a constantes deslocamentos para fugir ao mesmo tempo do meu olhar e da vigilância do espelho. Não canso de admirar sua destreza, quando penso como, numa sala tão pequena, ele se mostrou capaz de se esquivar de toda a luz que eu, o espelho e o céu lançávamos sobre ele, repetidas vezes, como uma rede de caçador.

Hoje, refletindo sobre esse primeiro encontro, me pergunto até que ponto foi de fato minha observação que revelou sua presença, ou se ele mesmo, por pouco que seja, se deixou voluntariamente perceber. Quem sabe seu intuito fosse, de fato, me deixar alerta. Pequenos episódios podem ter ocorrido antes, sem que eu soubesse interpretar o seu sentido. Ele pode muito bem ter graduado pouco a pouco os desvios da minha atenção, tomando cuidado, é claro, para não me deixar de sobreaviso.

Por exemplo, certas manhãs em que acordei assustado, correndo os olhos de uma ponta à outra do quarto, como se os últimos vestígios de algum pesadelo fugissem pelas paredes, escoassem depressa pela beirada do rodapé. Ou ainda situações em que me surpreendi, no ônibus, fitando uma pessoa sentada ao meu lado. Eu seguia atentamente a linha do seu nariz, procurava com insistência algum vinco no canto da sua boca, como se pudesse estar ali sentado alguém conhecido.

Eu observava o rosto dessa pessoa com um olhar tão pesado, tão opaco, que o mundo ao redor empalidecia e as pessoas em volta olhavam para mim um pouco intranqüilas. Mas bem antes disso, ainda no colégio, eu já preferia me sentar na última fila da sala, junto à parede. E, quando garoto, se era obrigado a comparecer a alguma festa da família, sem notar eu ia aos poucos recuando, passo a passo, até o canto da sala, até onde duas paredes me concediam o consolo de um ângulo.

Em todo caso, a partir daquele dia, onde quer que eu estivesse, passei a olhar em volta à procura dele. Tentava sempre me certificar da sua presença, embora nunca o visse. Às vezes, tinha a sensação de que havia passado bem rente a ele. Um des-

111

locamento de ar mais tênue do que um hálito me dizia que por pouco eu não havia roçado no seu braço ou no seu ombro.

Por instantes, eu me esquecia do que as pessoas estavam dizendo ao redor, deixava o café esfriar na xícara, enquanto buscava, com o canto dos olhos, sinais dos artifícios dele, dos seus despistamentos. Com alegria, eu descobria uma caneta fora do lugar, uma penugem de pombo sobre minha mesa de trabalho, uma torneira pingando no banheiro, e nisso reconhecia acenos que ele esboçava para mim, a mão que ele me estendia do fundo do seu esconderijo.

Na opinião dos outros, eu ia me tornando cada vez mais distraído, mais alheio às preocupações comuns, cada vez mais ausente. Nunca souberam ver aí o sinal de que minha capacidade de atenção crescia e se aprimorava, como uma arte rara. Um escritor antigo disse que, quando observamos qualquer coisa com toda a atenção e pelo tempo necessário, essa coisa, por mais banal que seja, se revela infinitamente interessante. O escritor só não disse, ou talvez nem soubesse, o que acontece conosco quando levamos esse exercício até o limite da perfeição.

Talvez o primeiro indício tenha ocorrido no dia em que, após o expediente, todos foram embora e me deixaram trancado no escritório, sem notar que eu estava ali. Eu me esquecera da hora e, quando dei por mim na sala escura, tive de usar o telefone para chamar alguém e me tirar de lá. No dia seguinte, os colegas de trabalho despejaram sobre mim as piadas que já eram previsíveis, e eu mesmo achei graça na história. Mas depois notei que as pessoas começaram a entrar e sair do aposento onde eu estava sem me cumprimentar, sem sequer olhar para mim. Distraídas, só me notavam ali se eu lhes dirigisse a palavra.

Veio enfim o dia em que não lhes dirigi mais uma só palavra. Deixei que procurassem por mim e não me encontrassem ali onde eu devia estar. Deixei afinal que se esquecessem totalmente de mim, que meu nome se apagasse de suas vozes, e então me senti mais compacto, mais fechado na capa da minha pele, me vi mais inteiro e mais concentrado em mim mesmo do que em qualquer outro momento, certo de que afinal estampava no espaço e gravava na superfície do ar as linhas que me definiam com exatidão e com justiça. Foi esse o dom que ele quis me legar, quando de algum modo permitiu que eu adivinhasse a sua presença.

Há pouco tempo, reparei numa mulher parada na rua, os olhos aparentemente imersos em uma vitrine. Na verdade, ela não via o que estava ali dentro, muito menos o que se agitava à sua volta. Toda a sua atenção repousava imóvel em um ponto embaçado do vidro.

Num lampejo, percebi o que ela buscava, talvez ainda sem saber. Usei os recursos que a transparência do vidro e o movimento do ar nos oferecem, e ela, de repente, com um susto contido, se virou para trás. Olhou para um lado e outro, desconfiada, apertando a bolsa entre os dedos com um pouco mais de força. Sem me ver, é claro. Jamais me verá. Ninguém, ninguém vai me ver nunca mais. Entretanto, no fundo daquele minuto, inquieta, mas com o pressentimento da liberdade já vibrando em seu rosto, ela soube que eu estava ali.

Foi também a sua primeira vez. Percebo que ela vai se tornando mais e mais atenta e que a sua vontade — eu sinto, mesmo de longe — se condensa um pouco mais a cada dia. Logo entenderá o que estou lhe dando. Logo vai dar o passo para o lado, que a deixará fora da vista de todos, desembaraçada de sua guarda exasperante. Em breve, ela vai dar o passo curto, meio cego, não de quem avança mas de quem se desvia, o passo que a deixará para sempre livre da traição dos distraídos. É difícil. Demora. Mas começa, ela também, a se transformar numa traidora.

A ARTE RACIONAL DE CURAR

Ao aproximar sua mão do cachorro, teve medo dos dentes de bronze. Podia jurar que uma ligeira palpitação fez vibrar o bloco metálico do focinho. Mas isso só mais tarde. Por enquanto, não passava de uma fotografia muito antiga, na qual se via a mão da herdeira pairando, hesitante, a dois palmos da estátua.

— Seria interessante descobrir onde foi parar essa escultura — disse a chefe da pesquisa, segurando a fotografia na ponta dos dedos.

Heitor achou que a chefe tinha falado sem muita convicção. Um certo tédio vazava na sua voz. Também achou que a fotografia dançava um pouco demais nos dedos dela. Seja como for, Heitor não se dava bem com cachorros, por isso relutou em admitir que a mulher estivesse de fato falando com ele. Por um instante, tentou acreditar que ela mostrava a fotografia para alguém ao seu lado. Mas estava sozinho e logo teve de reconhecer que exagerava sem motivo as más intenções de sua chefe. Era impossível que a mulher tivesse feito aquilo de propósito. Afinal, como todos ali, ela mal o conhecia.

Na verdade, desde o início, Heitor já havia percebido que não era bem-vindo no grupo de pesquisadores. Pressentia uma repulsa cautelosa no modo como o deixavam de lado nas conversas mais animadas, ou no ar impaciente com que ouviam seus raros comentários. Não parecia um acaso o fato de Heitor sempre ter de descer a rua sozinho, após o expediente, no final da tarde, enquanto seus colegas se dispersavam a pé e desapareciam nas curvas e ladeiras. Deixado para trás, Heitor os via submergir, passo a passo, na mancha da sombra das árvores. Ou observava enquanto dois ou três deles, sem o chamar, partiam em um carro, que avançava trepidando sobre os paralelepípedos.

Bem que Heitor queria descobrir os motivos daquela má vontade. Ele até se mostrava disposto a procurar em si mesmo os erros, as deformações capazes de desculpar a antipatia dos outros. Seu impulso, no fundo, lhe parecia sincero. Mas o pensamento teimava em escapar por um desvio e, no final, preferia se deliciar com lamentações a respeito da sua falta de sorte. Em segredo, o martírio e os elogios a si mesmo podiam misturar suas tintas. O resultado é que as qualidades superiores de Heitor ganhavam um contorno mais firme à luz da inveja que ele acabava atribuindo aos outros. Inventada ou não, essa inveja tinha a vantagem de fazer dos méritos de Heitor o seu único defeito. Ao mesmo tempo, ela o isentava de toda culpa, exceto a de ser melhor do que seus colegas.

Tratava-se de um grupo de pesquisadores incumbido de transformar em museu a casa da última herdeira da família Monte Alverne. A idéia era reconstituir, na medida do possível, o acervo de obras de arte e antigüidades de Hilda Monte Alverne — a mulher que aparecia na fotografia junto à estátua do cachorro. Com a morte de Hilda, a linhagem dos Monte Alverne desaparecera para sempre. A família, a rigor, nunca havia dado provas de grande fecundidade. Décadas antes, Hilda poderia ainda lembrar-se das afirmações de um de seus antepassados: mesmo diante de crianças, ele não se acanhava em declarar que a reprodução era um escândalo, ou até mesmo um crime, embora às vezes inevitável.

Nas duas gerações anteriores a Hilda, surgiram na família sinais alarmantes de exaustão. Quando a natureza, arrependida do seu erro, veio cortar o último ramo daquele tronco, Hilda já passava em muito dos noventa anos. A essa altura, seus olhos boiavam sem direção, refletiam um mundo transforma-do em fumaça. Não restaram descendentes com direito a recla-mar a herança.

Heitor se unira à equipe de pesquisadores depois que o trabalho já havia começado. Era o mais jovem de todos, tendo se formado havia poucos meses. Ótimo aluno, contava com a simpatia de um ou dois nomes fortes na universidade, que o indicaram com ênfase para a tarefa de organização do museu. Além disso, ao concluir a faculdade, Heitor tomara coragem para revelar aos professores que possuía certo vínculo com a família Monte Alverne. Um parentesco bastante indireto, é ver-dade, diluído no fluxo de muitos outros sangues.

O assunto não fazia parte das conversas habituais de Heitor. Talvez jamais mencionasse o caso se a vaga naquela pesquisa não fosse muito cobiçada. Heitor tinha consciência de que podia se tratar de uma invenção dos seus pais, já mortos, mas esse não era o motivo do seu escrúpulo em revelar aquele parentesco. Em Heitor, qualquer lembrança daquela afinidade não passava sem um abalo que fazia arder, num lampejo por trás das pálpebras, a visão das ruínas incendiadas de uma casa.

Não havia, na cidade, outro bairro como aquele. Ladeiras, paralelepípedos, morros unidos ombro a ombro formavam um terraço, uma varanda debruçada sobre a cidade, que se achata-va no fundo do vale. Dali de cima, mesmo parado, tinha-se a impressão de estar olhando pela janela de um avião, antes do pouso. O aglomerado de prédios lá embaixo parecia deslizar pouco a pouco para o fundo enevoado, onde o horizonte dobrava a terra.

De muitas formas, o bairro estava entrelaçado ao nome da família Monte Alverne. Terrenos e casas que um dia haviam per-tencido à família se espalhavam pelos caminhos do bairro, como sinais de nascença sobre a pele. Era comum que ruas sinuosas convergissem na direção de marcos de seus antepassados, na forma de praças, bustos ou apenas muros antigos. O traçado das ruas, que algumas vezes desembocavam em abismos, parecia desenhar em relevo a genealogia dos Monte Alverne.

Quando Heitor era pequeno, seu pai, aos domingos, o levava para passear pela cidade. A intervalos que podiam chegar a um ano, escolhia as ladeiras do bairro para exercitar as pernas e os olhos do filho, que ia crescendo. Sem que o pai desconfiasse, mais do que os olhos e as pernas, a experiência vinha na pele do menino, o conhecimento entrava pelo seu nariz.

O fato é que, ao subir as ruas, o ar mudava. Tornava-se não só mais fresco como também mais palpável. O sopro da brisa se encrespava ao tocar de leve o rosto de Heitor. À medida que Heitor subia, aromas distintos corriam até ele, rodavam à sua volta e se desfaziam às suas costas. O cheiro de folhas molhadas, de feijão na panela, de madeira verde queimando. O menino se admirava do contraste que descobria entre aquelas variações de gosto e tato e o ar morto, indiferente, da cidade lá embaixo.

Por isso, quando começou a trabalhar no novo museu, Heitor preferia subir a pé, para saborear a gradativa mudança do ar. Ainda agora, a experiência de Heitor se repetia, como na infância. Nada mudara. Na verdade, o bairro havia nascido para os carregadores de liteira, para as rodas dos coches, e, assim, o progresso o havia deixado em paz.

Às vezes, em seu percurso, Heitor se distraía e acabava passando diante da ruína da casa incendiada. Quando menino, mais de uma vez, seu pai o havia conduzido até lá. Quase sempre o pai recordava ter existido ali um palacete luxuoso, cujo dono teria sido um barão da família Monte Alverne. De alguma forma mal explicada, aquele homem se ligava à família da mãe de Heitor.

O que pai e filho viam, no fundo de um matagal meio murcho, eram escombros cinzentos. Um ou outro pedaço de parede ainda resistia de pé, escorado em restos do que deviam ter sido as vigas de madeira de algum salão. Borrões de limo dese-

118

nhavam fantasmas nos detritos da alvenaria. Viam também o olho feroz e alaranjado de uma fogueira, na qual dois ou três mendigos ferviam água em uma lata. Viam cachorros perambulando entre as ruínas e os arbustos, com olhares e passadas vigilantes. Da lata no fogo, fugia até eles um cheiro áspero de carne.

O parentesco com a ruína contrariava o menino. Heitor não podia compreender o tom meio zombeteiro, meio épico, das poucas frases do pai quando falava a respeito da casa. Após a morte do barão, os móveis e objetos de valor foram removidos, mas o palacete ficara abandonado. Homens desocupados invadiram e, aos poucos, saquearam o prédio. Houve o incêndio seguido por uma série de desmoronamentos. Isso tudo muitos anos antes de o pai de Heitor nascer. Quando menino, o pai vira a mesma imagem que seu filho agora contemplava. Mendigos, fogueira, ruínas. E cachorros.

As ruínas, os mendigos, mas acima de tudo os cachorros mancharam aquele endereço, na memória de Heitor, com as cores de um erro, de uma injustiça, até de uma ofensa. Ele não se dava bem com os cães. E o pior foi ser informado, logo nos primeiros dias de trabalho no futuro museu, de que o dono do palacete adorava cães. Parecia devotar a eles uma espécie de culto profano. Porém, mesmo nesse plano secular, Argos Monte Alverne — o barão — professava uma forma de monoteísmo: só dedicava suas atenções a um cachorro de cada vez. Tão logo o animal morria era de imediato substituído, e nunca um cachorro teve de dividir com outro as dezenas de aposentos do palacete. Só mais tarde Heitor se sentiria obrigado a procurar uma explicação para o fato de os animais sobreviverem tão pouco tempo na companhia do barão.

Se os relatos antigos não exageravam, haveria entre os escombros centenas de cacos de gesso com vestígios de orelhas dobradas e focinhos atrevidos. Inúmeras efígies de cães em relevo ornavam as cornijas originais do palacete. Com tudo

119

isso, só a má sorte podia explicar a decisão da chefe da pesquisa ao orientar o trabalho de Heitor justamente para a figura de Argos Monte Alverne.

Heitor, desde pequeno, nunca se entendera bem com cachorros. Ainda hoje, quando cruzavam o caminho um do outro, a mesma corrente invisível voava de Heitor para o animal e rebatia de volta em seu peito, com um choque entrecortado pelo tremor das gengivas enegrecidas e pela brancura das presas salientes. Certa vez, ouviu um amestrador de cães explicar: nunca encare o animal nos olhos, nunca se ponha de pé frente a frente com o cão. E mesmo assim era exatamente isso o que Heitor em geral fazia quando topava com um cachorro um pouco mais arisco. A respiração acelerava e Heitor relutava em raciocinar, demorava a estranhar a própria atitude. Quando resolvia, enfim, voltar atrás e cortar o medo, quando conseguia calar o zumbido de alarme que havia disparado em sua cabeça, muitas vezes já era tarde. O ar em redor já estava contaminado por aquela eletricidade nervosa que fazia o mundo encolher, franzir sua superfície, como um papel um segundo antes de ser varrido pela chama.

A estátua do cachorro havia sido uma encomenda do barão Argos a um escultor francês. Heitor iria concluir, pouco depois, que se tratava de um animal especialmente querido, homenageado com mais de uma estátua. Enquanto vasculhava catálogos de esculturas, organizados por entidades oficiais e particulares, Heitor fez contato com uma mulher especialista em arte funerária. Ela segurou a fotografia com interesse e, logo em seguida, enrugou as sobrancelhas. Algo naquela imagem havia atiçado o faro da sua memória. Comentou, pensativa:

— Eu conheço esse cachorro...

Em breve, constataram que a escultura estava em um antigo cemitério, adornando o túmulo de uma mulher. A julgar pelas datas gravadas no mármore, ela havia morrido jovem. Em pouco tempo, Heitor conseguiu localizar três estátuas, ao que tudo indicava, do mesmo cachorro. Estavam em cemitérios diferentes, todas em túmulos de mulheres sem parentesco com os Monte Alverne.

O êxito do trabalho inicial de Heitor não teve o efeito que ele esperava. Sem dúvida, sua descoberta fora a mais importante até então. Por isso, Heitor se surpreendeu, e depois se desgostou, em silêncio, com a reação de sua chefe e de seus colegas. Para ele, aquilo era ainda resultado da inveja. Mas não só isso. De algum modo, aquelas pessoas davam também a entender que Heitor viera ali para complicar a vida de todos. Nada era dito, naturalmente. Havia apenas o modo um pouco brusco de bater os papéis sobre a mesa, o barulho um pouco mais seco ao fechar o trinco da janela, ou uma rápida rouquidão na voz de um colega ao avisá-lo de que o expediente havia encerrado. Em tudo isso, Heitor adivinhava que não era bem-vindo.

A princípio Heitor se surpreendeu, resistiu, não quis admitir. Mas em poucas semanas se convenceu de que sua chefe e seus colegas tinham muito pouco entusiasmo pelo objeto da pesquisa. A maior parte do tempo daquelas pessoas era consumida em conversas pessoais, sarcasmos a respeito de funcionários de outros museus, crediários de roupas, assuntos que o zelo de Heitor só podia classificar como frivolidades. Alguns funcionários não hesitavam em sair mais cedo. O atraso era quase uma regra e a chefe, em geral, mostrava-se pronta a aceitar todas as justificativas de falta. Logo na primeira semana, Heitor se admirou com as revistas de palavras cruzadas abertas sobre as mesas de trabalho. Os prazos estabelecidos na capital e lavrados em memorandos e outros documentos internos não passavam do sonho de um burocrata distante. As queixas sobre as verbas limitadas se repetiam como a senha por meio da qual, todos os dias, os conjurados confirmavam o seu pacto.

121

Heitor, por sua vez, sentia-se cada vez mais comovido com o destino da família Monte Alverne. A situação de um legado disperso e sem dono, a marcha de uma esterilidade crescente, culminando na extinção, algo como a cena final de uma tragédia sem violência, e por fim a maneira pacífica como uma linhagem inteira havia se retirado do mundo — tudo isso provocava mais e mais a admiração de Heitor. Em seu interesse transparecia até uma espécie de afeto, inclusive em relação ao barão Argos. Pelo menos, assim Heitor pensava.

Nisso tudo, era de esperar que os cachorros representassem um percalço. Mas a presença dos animais, na verdade, apenas estendeu uma penumbra sobre a figura do barão, ergueu do chão uma sombra, que veio impor um relevo numa superfície que antes era plana. Assim, linhas incompletas do caráter de Monte Alverne ganharam realce e sopraram um desafio nos olhos intrigados de Heitor.

Não havia dificuldade especial em conseguir informações sobre Argos Monte Alverne. Livros de memórias de pessoas ilustres daquele tempo reservavam para ele, no mínimo, uma página. Nos microfilmes de jornais e revistas da época, o nome do barão aflorava a intervalos não muito grandes. Os arquivos da prefeitura e da Academia de Medicina, da qual Argos foi membro e fundador, guardavam os rastros de seus movimentos. Pinturas e gravuras reproduziam suas feições em várias fases da vida. Em mais de uma imagem, apresentava-se em companhia de um cachorro.

Para Heitor, ler os microfilmes e papéis velhos ganhou o sentido de um rito. Ali, mentalmente, ele murmurava as palavras mágicas que faziam os mortos respirarem de novo. Após dois meses nessa investigação inicial, Heitor começou a ressuscitar peças de valor artístico provenientes do palacete do barão. Nessa altura, não se passava uma semana sem que ele comunicasse à sua chefe o paradeiro de, no mínimo, um item relevante. Heitor suspeitou que a irritação de seus colegas crescia na proporção de suas descobertas. Dizia a si mesmo que estava exagerando, mas tinha às vezes o pressentimento de que o consideravam portador de alguma doença e concluiu que, para eles, seu êxito não devia passar de um sintoma do seu mal.

Pouco depois, Heitor viria a perceber que suas informações morriam de novo ao cair na mesa de sua chefe. Por mais vigoroso que fosse o ímpeto de Heitor, seu trabalho terminava por afundar de encontro àquela mole barragem de sono e, dali para a frente, quase não voltava a se mover. Quando descobriu que Argos Monte Alverne havia encomendado ao escultor francês uma quarta estátua do mesmo cachorro, Heitor, pela primeira vez, nada contou aos demais membros da pesquisa.

Naquela semana, conheceu uma sensação diferente. Achou que seu silêncio os deixara um pouco menos rancorosos em relação a ele. Ao mesmo tempo, a certeza de que era o único ali a saber da existência da estátua insuflou nas horas de Heitor, e mesmo em suas mãos, uma paz e uma força até então desconhecidas. A nuca sustinha a cabeça com mais firmeza. Predominava a impressão de ter até crescido alguns centímetros. Embora se recriminasse por isso, Heitor via de relance seus colegas tomando café, folheando o jornal, vagando pelos corredores, reduzidos quase à dimensão de bonecos bamboleantes.

Daí para a frente, Heitor se acostumou a escolher em suas descobertas alguma novidade que guardava para si mesmo. Quase sempre, selecionava o que lhe parecia mais surpreendente, pois logo compreendeu que dessa forma o sentimento de bem-estar era mais revigorante. Quando descobriu que Argos Monte Alverne fazia pesquisas com homeopatia, o número de informações que revelava à sua chefe já era menor do que os segredos que mantinha só para si. Heitor havia cumprido essa progressão de modo bastante gradual, mesmo assim achava que os colegas mais observadores deviam notar alguma coisa. Ao segurar o copinho de café que alguém lhe oferecia, ao propor ele mesmo a solução para um problema de palavras cruzadas, Heitor entrevia sinais de que a animosidade dos colegas estremecia um pouco.

A família de uma das moças sepultadas sob a estátua do cachorro tivera importância na época. Sua morte prematura fora lamentada em mais de um anúncio fúnebre, nos jornais daquele tempo. Em uma revista, Heitor localizou um soneto, que julgou ter sido escrito em homenagem a ela. Não trazia o nome do autor e foi publicado "a pedido". Apesar de o poema só mencionar o prenome da moça, nada indicando a respeito da sua família, veio a público pouco após o enterro, e o tema fúnebre coincidia com os fatos apurados por Heitor.

Em memória de Flora

Deitada serena na terra macia,
Tu fitas no alto as estrelas do céu.
Um cão, teu repouso, para sempre vigia,
O mármore não pesa mais do que um véu.

A luz das estrelas que a pedra atravessa
E brilha em teus dentes pela eternidade
Contém a essência da grande promessa
Que a terra e a carne diluem com piedade.

Teu faro tão fino, teu nome de flor,
Teu passo tão leve, teu breve furor,
Hão de voltar e de reviver, embora

Os tolos não vejam nos rostos os traços
Do uno em tudo e do todo os pedaços,
E nas letras dispersas, teu nome: Flora.

Degrau a degrau, a família dessa Flora seguiu o destino de todas as decadências. O patrimônio se esvaiu mais e mais a cada geração. A matriz do sangue original se dissipou em misturas cada vez mais fracas. Por isso, Heitor se admirou ao encontrar descendentes que ainda guardavam uma fotografia da moça. Deitada, muito bem vestida, no dia mesmo de sua morte.

Mas a surpresa maior viria de um cartão-postal muito antigo. Manchas marrons e pontos descascados feriam a paisagem estampada de uma cidade. No verso, Argos Monte Alverne dirigia à jovem Flora uma mensagem de cortesia, e não hesitara em usar seu título de barão. Nos pontos, nas vírgulas, Heitor enxergou pausas afetuosas. A cidade era Buenos Aires, e Heitor não teria dificuldade em verificar, mais tarde, que o barão tinha ido até lá a fim de participar de um congresso de pioneiros da homeopatia.

A idéia de que o autor do poema fosse o barão Argos não surgiu de repente. O cartão o ligava a Flora, o cão o ligava ao túmulo e também ao poema. Mas só quando Heitor se deteve no tema da homeopatia a suposição da autoria do soneto pôde se delinear com mais rigor. Os conceitos de "essência" e "diluição", bem como a ênfase no "uno" e no "todo", além da idéia subjacente de similitude e de um princípio único para a vida, repercutiram ao longe, em Heitor, algumas noções prediletas da doutrina dos homeopatas.

A idéia do barão poeta injetou uma fecundidade inesperada no soneto. Após um tempo, a certeza de que Argos tinha sido o amante de Flora nasceu de forma natural: constituía o fundo que dava às duas figuras em primeiro plano seu peso e sua profundidade. Heitor, com avidez, enlaçou a estátua, o poema e o amor daqueles mortos antigos em um mesmo gesto de posse. Sobreveio, com alegria, a sensação quase de um furto. Mentalmente, Heitor media, apalpava os contornos daquele segredo. Notou como aquilo o revigorava por dentro, com a

125

dureza de um outro esqueleto. Uma estátua se consolidava aos poucos por trás da sua pele.

O barão tinha morrido solteiro e não havia nenhum registro de filhos. Nem sequer rumores a respeito. Em uma revista patrocinada por pioneiros da homeopatia, Argos Monte Alverne assinara um artigo defendendo o controle da natalidade assistido por médicos. O artigo era breve e Heitor julgou cautelosas suas afirmações. Monte Alverne admitia que os medicamentos disponíveis em seu tempo não se mostravam confiáveis, e sublinhava o risco de qualquer tratamento experimental. Medindo bastante as palavras, o barão preconizava que cabia sobretudo à homeopatia a missão de prestar esse serviço à humanidade. *"Mercê de suas características filosóficas e terapêuticas, bem assim da natureza de seus símplices, a medicina homeopática parece mais afeiçoada aos propósitos de sustar a concepção."*

Heitor avaliou a audácia do artigo do barão, na época em que fora publicado. Monte Alverne, está claro, avançava tateando o terreno. Porém, apesar de toda a sua cautela, os protestos devem ter sido violentos, levando em conta as feridas evidentes no número seguinte do periódico. Alguns médicos retiraram seus nomes da comissão editorial. Mesmo os que, no fundo, consideravam justa a preocupação do barão Argos se viram na obrigação de discordar respeitosamente. Mas Heitor desviou sua atenção para uma passagem discreta do artigo. Em duas frases rápidas, Argos Monte Alverne deixava transparecer sua crença em experiências com homeopatia realizadas em animais. Isso era uma heresia menor, em face da orientação geral do texto. Mas, por algum motivo, Heitor reteve com cuidado aquele aceno do barão.

Mais tarde, resolveu visitar de novo os outros dois cemitérios. Queria fotografar as estátuas e procurar indícios de que fossem, de fato, do mesmo animal. Em vez disso, admirou-se por não ter notado antes o nome das moças mortas: uma e outra eram Flora também. Heitor sentiu-se um dos tolos de que falava a última estrofe do soneto. Um pouco comovido, Heitor se abaixou e tocou a lápide com a mão. Luz alguma podia atravessar o mármore espesso. Mas as letras daquele nome — Flora — haviam saltado a distância que separava os três cemitérios e deixaram sua pegada inscrita na pedra lisa.

Pelas datas, as três mulheres tinham morrido em um intervalo de dez anos. Todas solteiras, pois o sobrenome do pai ainda as vigiava de perto. Quem, em sã consciência, poderia condenar Heitor por imaginar que Argos Monte Alverne tivesse sido amante das três? Quanto menos revelava à chefe a respeito de suas descobertas, mais arriscadas eram as associações que Heitor traçava. Maior o seu desembaraço para modelar e refundir, ao seu gosto, aqueles mortos desconhecidos. Lembrou-se da flora medicinal. Com um meio sorriso e um susto no canto dos olhos, Heitor se perguntou pela primeira vez que doença o barão pretendia curar ao travar relações com as três mulheres mortas.

Ao mesmo tempo, Heitor não conseguia se persuadir de que o cachorro fosse um só. Olhava concentrado para os cães de metal mas não apanhava em suas feições a constância de desenho e de vontade que acusa um indivíduo. Observando cachorros vivos da mesma raça e tamanho, teve impressão semelhante. O indivíduo se mantinha oculto atrás dos pêlos da espécie.

Heitor continuava a localizar peças de interesse para o futuro museu, mas não com a freqüência de antes. A respeito de alguns itens de menor importância, ainda informava sua chefe. A hostilidade dos colegas havia afrouxado um pouco, mas persistia a sensação de que trazia nas costas, no hálito mesmo, algum tipo de moléstia. Apesar de Heitor se revelar, agora, menos produtivo, ainda cumpria os horários, ainda se mostrava atuante, interessado. Muitas vezes, não conseguia disfarçar o entusiasmo pelos Monte Alverne e pelo museu.

Se alguém perguntasse, Heitor teria de responder que não estava nem de longe preocupado em ganhar a simpatia dos colegas. Se Heitor fosse um pouco mais sincero, teria de dizer até que os julgava medíocres, insignificantes. Sabia que a força de seus segredos não dependia da atenção ou do desprezo que seus colegas dessem a eles. Na verdade, estava claro que aquelas pessoas se mostravam indiferentes diante do assunto. Mas, de um jeito ou de outro, os segredos se condensavam por baixo da pele de Heitor e davam a ele mais peso. A solidez vinha de dentro, crescia longe dos olhares dos outros e, ao inspirar, Heitor notava que o ar obedecia ao seu chamado com mais facilidade.

A tarefa de recuperar as peças de arte havia deslizado para o segundo plano. Agora, Heitor se concentrava nos pensamentos e propósitos do barão Argos. O artigo sobre a prevenção da natalidade ecoou em sua memória a esterilidade da família Monte Alverne. Fez voltarem à tona as opiniões do antepassado de Hilda Monte Alverne, para quem a reprodução constituía um escândalo e até um crime. Sem hesitar, Heitor mascarou essa figura, até então sem rosto, com as feições do próprio barão Argos.

O quadro se completou pouco depois, quando Heitor desenterrou um outro artigo, em um número anterior da mesma revista. Tratava de enfermidades ligadas ao período de gravidez. O texto vinha assinado apenas com as iniciais M. A. Talvez Heitor exagerasse. Talvez se entusiasmasse demais com idéias cujo sentido, por enquanto, só podia pressentir à distância. Seja como for, Heitor reconheceu que o artigo, em mais de um trecho, dava margem a concluir que o autor considerava a gravidez como o sintoma de uma doença.

Segundo a homeopatia, os sintomas da doença coincidem com os sintomas provocados, no organismo de uma pessoa sadia, pela substância capaz de curar o mal. O remédio é a imagem invertida da doença. Querendo ou não, o paciente nada mais representa do que a superfície de vidro onde o mal e a cura se espelham, em faces opostas. O doente é transparente. A luz das estrelas o atravessa.

Até então contraído no carretel, o fio do raciocínio de Heitor agora se desenrolava ligeiro. A mola havia disparado. Que remédio poderia provocar, em mulheres sadias, sintomas semelhantes à gravidez? Em outras palavras, Monte Alverne devia andar à procura de algo semelhante a uma vacina, refletiu Heitor. Um remédio que contivesse, diluída em partes infinitesimais, a própria causa da gravidez. O barão buscava a imagem invertida da fecundação. Uma vez inoculada a substância no organismo de mulheres sadias, Argos verificaria seus sintomas.

Heitor sorriu sozinho. As deduções eram as ferramentas que ele empunhava a fim de aparafusar os pedaços soltos do passado. Em volta, via pessoas ansiosas para dividir seus pensamentos. Heitor, ao contrário, preferia conservar seu tesouro inteiro. A cada semana, pelo menos uma moeda de ouro vinha aumentar sua fortuna. De repente, um volume maior caiu com estrondo naquele baú. Investigando os livros contábeis do barão, Heitor tropeçou em uma palavra mais saliente. As arestas das sílabas despontavam da superfície do texto: *taxidermista*.

Algum colega já havia examinado aqueles documentos anteriormente mas, é claro, não sabia nem sonhava o mesmo que Heitor. Outros detalhes registrados nas notas de pagamento esboçavam a figura do empalhador de animais trabalhando no porão do palacete. O ar devastado pelo cheiro do formol, o chiado do ácido crepitando em bacias, duas esferas de vidro costuradas por trás das pálpebras com uma linha grossa e encerada — um pesadelo gaguejava no pensamento de Heitor.

Ao que parece, Argos começara por mandar empalhar seus cachorros e só mais tarde resolveu encomendar as estátuas. A mudança podia significar que seu culto havia se tornado mais grave, mais sólido. Até então, Heitor, assim como a chefe da pesquisa, acreditava que as estátuas fossem de um cão pelo qual Monte Alverne tivesse mais estima. Isso porque as estátuas eram de um cachorro chamado Argos — o mesmo nome do barão. Mas agora, ao conferir os papéis e as datas relativas ao trabalho do taxidermista, Heitor descobria vários animais, talvez mais de meia dúzia, chamados também Argos. Quando um cachorro morria, Monte Alverne dava ao substituto o mesmo nome do anterior. Argos, mais do que um nome, era um título, um posto que vagava na hierarquia e que tinha de ser preenchido por outro animal.

Heitor sentiu certo alívio ao refletir que as estátuas, portanto, deviam ser de quatro cães diferentes. Em todo caso, o certo é que, nos três cemitérios, Argos guardava o túmulo de Flora. Sufocado pelo vento e pela poeira, mordido pelos dentes afiados da chuva, abrasado pelo meio-dia de muitos verões, o metal vigiava o sono de Flora. Ou, quem sabe, esperava que alguma outra coisa acontecesse.

Heitor revisou com atenção os registros: por três vezes, o taxidermista chamava o animal empalhado de "cadela". A forma masculina — cão — nunca era usada, apenas o nome Argos surgia. Heitor levou a mão espalmada à testa: deu-se conta de que o barão agia da mesma forma. Limitava-se a chamar de Argos o seu animal de estimação, indiferente ao sexo. Fêmeas, portanto, concluiu Heitor. Fêmeas sadias nas quais Monte Alverne podia testar sua vacina.

Heitor não deixou de se perguntar por que motivo o barão atribuiria a fêmeas um nome masculino — o seu nome. Em seguida, lembrou que os primeiros homeopatas ingeriam eles mesmos substâncias como a beladona e o quinino, a fim de

130

conhecer melhor seus efeitos. Sem poder agir da mesma forma, o barão se contentou em batizar os animais com o seu nome, antes de inocular neles o produto testado. Impedido de usar o próprio corpo, Argos tomava emprestado o corpo dos cães. A morte sucessiva de suas cobaias atestava o fracasso da experiência. Ou, ao contrário, comprovava que Argos havia criado uma gravidez que matava.

Primeiro, Heitor experimentou certa admiração com a idéia. Só depois se deixou imbuir de uma repulsa, não de todo espontânea. Bem ou mal, teve de admitir que aquela seria uma forma de evitar a reprodução. Ao que tudo indicava, Argos poderia também ter provado o poder da sua cura no corpo das três Floras.

A partir dessas descobertas, Heitor começou a encarar com mais calma o torpor de seus colegas no museu. Percebeu como soava mais abafado, para ele, o insulto daquela rotina que não dava frutos. Até suspeitou de alguma ponta de sabedoria na sabotagem sonolenta de sua chefe. Por um momento, passou pela cabeça de Heitor que talvez não fosse tão absurdo assim pensar que ele estivesse de fato doente.

Graças a Heitor, todos sabiam agora onde estavam as três estátuas de Argos. Não poderiam ser removidas dos cemitérios e trazidas para o museu. Mas ainda existia a quarta. E essa havia de pertencer só a Heitor, como já eram só dele o nome repetido de todos os cães e sua identidade feminina.

A exemplo do empalhador, que trabalhara no porão do palacete, o escultor também devia ter cumprido ali uma parte da sua tarefa, sob a vigilância do barão. Heitor chegava a escutar o retinir das ferramentas batendo de encontro ao metal. Pensava ouvir os passos de Monte Alverne ressoando, acima do escultor, acima da estátua, nas pranchas de mogno do assoalho.

Uma tarde, Heitor se deteve diante das ruínas da casa incendiada. Havia trazido uma lanterna bem forte, de quatro pilhas grandes. Pedras não são destruídas pelo fogo. Paredes erguidas embaixo da terra costumam resistir mais tempo de pé. Heitor raciocinou que o porão devia ser a parte mais conservada do palacete, o núcleo oco onde o coração de Monte Alverne havia descido para se abrigar das décadas.

Heitor viu os cachorros vagando em volta e o mesmo medo antigo formigou na sua nuca. O capim alto oscilava na brisa e fulgurava no sol, aqui e ali, com o tremor repentino de labaredas. Heitor procurou, no emaranhado do mato rasteiro, os restos dos degraus de pedra que levavam ao palacete. Após alguns passos desviando o rosto dos arbustos, um inseto zumbiu bem forte, resvalando na sua orelha, rodou duas ou três vezes e se foi. Junto às ruínas, mais acima, Heitor viu arder a mesma fogueira antiga, e o cheiro acre de carne pôs um travo em sua língua.

Sem saber por quê, Heitor temia menos os mendigos do que os cães. Com o canto dos olhos, percebia que alguns cachorros haviam parado de andar e, de longe, por trás do mato, observavam seu avanço rumo às ruínas. À medida que subia, Heitor notava que a inclinação do terreno se mostrava mais acentuada do que parecia quando se olhava de baixo. Já havia desistido de buscar a trilha de pedras original. Tentava apenas não tropeçar no capim, não se enroscar nas parasitas e evitar que os galhos arranhassem sua pele. A intervalos, parava a fim de tomar fôlego. Pisava uma terra mole, úmida, muitas vezes encharcada por filetes de água que desciam, com um rumor abafado, em direção à rua.

Viu que um mendigo dormia e outro, sentado em uma pedra, o observava pela fresta de um pano que lhe envolvia a cabeça. Heitor tinha uma idéia bem razoável da planta original do palacete. Calculou que a entrada do porão devia ficar no lado oposto ao abrigo onde ardia a fogueira dos mendigos. Assim, começou a cruzar o terreno numa linha diagonal, se

132

desviando da corrente de ar que arrastava até ele o cheiro da carne.

Por duas vezes, parou com a sensação repentina de que um cachorro caminhava a seu lado. Olhou ao redor e só viu a própria sombra retalhada pelo capim. Na verdade, quanto mais subia, menos se dava conta da presença real dos cães. Quando estava a alguns metros das fundações da casa desmoronada, um cachorro de pêlo negro saiu do mato e cruzou o caminho poucos passos à sua frente. Antes de sumir do outro lado, o cão se deteve e mirou Heitor nos olhos. Trazia na testa uma mancha branca em forma de losango.

A essa altura, Heitor caminhava sobre uma espécie de calçada de lajes que o mato rasteiro e um tapete de musgo ainda deixavam entrever. Não fite o animal nos olhos, lembrou-se Heitor. Não fique parado, de pé, de frente para o cão. E foi exatamente isso o que ele fez. No entanto, o cachorro apenas se esgueirou devagar para dentro do mato, sem emitir nenhum rosnado. Nem a gengiva negra nem a brancura dos dentes vibraram no ar os velhos sinais conhecidos de Heitor. Mesmo assim ele não estava calmo. Por um instante, um calafrio ricocheteou de um ombro a outro e depois abriu ramais ao longo dos seus braços.

Quando chegou às fundações do palacete, Heitor pôde ver que, do outro lado, a vários metros dali, o mendigo adormecido havia acordado. De longe, olhava para Heitor. O rosto parecia um focinho murcho sob a pressão da cabeleira e da barba que irradiavam espirais ferozes em todas as direções. A imagem dos mendigos logo se ocultou por trás do mato e dos restos da alvenaria tombada. Sem demora, Heitor se pôs a procurar no chão vestígios dos pilares daquela ala do palacete, a fim de se situar melhor. Encontrou os alicerces do aposento onde acreditava ficar a entrada para o porão. Com um pedaço de pau, passou a empurrar para o lado detritos que se acumulavam sobre o solo.

Alguns cacos de gesso chamaram sua atenção. Abaixou-se, recolheu alguns e os colocou lado a lado, ao acaso. Manchas de limo e fuligem tentavam esconder as feições de um cachorro que a brancura do gesso ainda esboçava. Heitor lembrou-se das referências às efígies de cães que adornavam o palacete. De surpresa, pensou em máscaras mortuárias modeladas sobre o cadáver dos animais. Imaginou restos frescos de massa branca colados na ponta de alguns pêlos mais duros. Imaginou o toque gelado do gesso úmido sobre a pele. Supôs uma progressão, rumo a uma solidez cada vez maior: a palha, o gesso, o metal. E o que mais?

A certa altura, ao bater no chão, o cajado fez vibrar um som cavo. Um soluço vazio no fundo da terra. Com esforço, Heitor empurrou para os lados a massa de detritos onde, por vezes, afloravam pedaços de um focinho ou a ponta de uma orelha de gesso. Primeiro, uma quina de madeira carcomida; depois, outra quina, junto à linha dos azulejos rachados — aos poucos se delineou, aos pés de Heitor, o quadrado de um alçapão. Usando seu cajado como alavanca, Heitor conseguiu, com esforço, erguer a porta estreita. As dobradiças romperam e a porta tombou para o lado, com estrondo. O barulho pôs em revoada os passarinhos abrigados em uma árvore ali perto. Em busca de ar puro, o último degrau de uma escada vinha se agarrar com a ponta dos dedos à borda do porão.

Heitor arquejava. Olhou em volta e viu que estava sozinho. Muitos metros abaixo devia passar a rua de paralelepípedos, mas, de onde ele estava, o mato a encobria totalmente. Heitor viu-se isolado, suspenso da cidade que havia submergido, e se assustou com a própria imprudência. Sabia que o teto do porão podia desmoronar. Sabia que se expunha a cair e quebrar a perna, sem ter a quem pedir socorro. Havia o perigo de os mendigos fecharem o alçapão às suas costas. Os cães podiam vir encurralar Heitor ali dentro. Mas, para sua surpresa, à medida que enunciava para si mesmo os riscos, aumentava também seu arrojo de descer ao porão.

O foco da lanterna rastejou pelos degraus, um a um, e pousou, por fim, no que parecia um fundo plano, de pedra. Havia alguns detritos na escada e no fundo, mas, como Heitor esperava, o porão se mostrava livre dos efeitos dos desmoronamentos. Passou pela sua cabeça que, àquela hora, sua chefe e seus colegas estavam no futuro museu contando os minutos que faltavam para irem embora, já fechando as revistas de palavras cruzadas e, acima de tudo, sem a menor idéia do que se passava com Heitor.

Desceu a escada tateando com cuidado. Só soltava o peso do corpo depois de se certificar da firmeza de cada degrau. Apoiava-se na parede, que recebeu sua mão com um cumprimento gelado. Um rumor de água intermitente provinha do fundo do porão. No pé da escada, Heitor girou a lanterna e localizou na parede uma cabeça de cachorro esculpida na pedra. Através da boca entreaberta, a água jorrava em golfadas, que chamejavam no escuro, feridas pela luz da lanterna. A água vinha cair num pequeno poço e, com um soluço e um gargarejo, escorria depressa por um ralo negro.

Talvez em virtude do frio ali embaixo, a lanterna tremia um pouco na mão de Heitor. Parado, ele deslizava o foco ao redor, bem devagar, como se o próprio facho de luz pudesse tropeçar, puxar Heitor pelo braço e jogá-lo no chão. Colunas e arcos de pedra nua sustentavam o aposento. Pequenos fios de água irrompiam, a intervalos, das ranhuras entre as lajes que Heitor pisava. O porão salivava aos seus pés. De algum ponto fluía uma escassa corrente de ar fresco, que resvalava no rosto de Heitor com as pausas de uma respiração bastante espaçada.

Puxado pela luz da lanterna, Heitor ousou alguns passos. Não demorou a avistar um vulto mais elevado, sob uma das arcadas de pedra. Calculou dois metros e meio de altura. Uma capa grossa, feita de várias camadas de couro e lona, carcomida em muitos pontos, cobria alguma forma sólida, vertical. Ao tocar os dedos na capa, Heitor sentiu a espessura da caliça que se havia acumulado sobre ela. Sentiu que a capa estava ressecada e dura, quase como uma tábua. Contornou o objeto sem conseguir sondar seu interior com a lanterna.

Quando resolveu puxar a capa para o lado, não esperava cegar e sufocar daquele modo, com o pó que desabou sobre ele. Tossindo, engasgado, as pálpebras queimando, Heitor entreabria os olhos com dificuldade, para enxergar nada mais do que uma mancha de luz difusa, sem forma — o reflexo da lanterna na claridade opaca da poeira suspensa à sua volta.

Guiado pelo ruído da água, as mãos estendidas para a frente, Heitor recuou às cegas em busca da fonte de pedra. Após alguns passos sentiu os dedos entrando, ávidos, na boca do cachorro. Logo a seguir, um breve jato de água gelada escorreu por sua mão. Esfregou o rosto, molhou os olhos, e estirou de novo a mão entre os dentes do cão, à espera do próximo jorro. Dessa vez, bochechou a fim de lavar a poeira que se entranhara na língua e nas gengivas com uma secura ardente. Cuspiu a água e sentiu-se melhor. Virou e dirigiu o foco da lanterna para o local onde havia puxado a capa. Rodeada pela poeira e pela névoa de partículas que ainda dançavam diante do facho de luz, Heitor viu enfim a estátua de Argos.

Heitor estava parado, de pé, de frente para o cão, a cadela, Argos, e a fitava direto nos olhos. A lanterna não tremia em sua mão. A escultura representava o cachorro em tamanho maior do que o original. Parecia fixada sobre um bloco de pedra de cantaria. Heitor contornou a estátua, deslizando o círculo de luz sobre toda a superfície de metal, onde veios cor de bronze e prata se entremeavam. Pela primeira vez, na parte de baixo do corpo do cachorro, Heitor distinguiu três breves protuberâncias, que deviam ser resquícios das tetas. A quarta estátua não ocultava sua natureza, como as outras.

Ao aproximar sua mão do animal, Heitor teve medo dos dentes de bronze. Podia jurar que uma ligeira palpitação fez vibrar o bloco metálico do focinho. Mesmo assim, tomou coragem e apalpou, afagou a solidez da escultura. As ondulações e os relevos que imitavam os pêlos, a curva da testa, as orelhas e até mesmo os dentes de bronze. De ponta a ponta, ele constatou que estava certo em tudo o que havia imaginado, aquela era a sua estátua, e Heitor sentiu que se tornava tão duro e se plantava tão firme sobre a pedra quanto ela.

Não saberia dizer quanto tempo depois saiu do porão. O céu da tarde estava apagado, mas ainda não havia anoitecido. Só quando se viu a poucos metros da rua, percebeu que nem por um momento, em seu caminho de volta, teve medo dos cães, mesmo quando dois deles passaram bem perto de suas pernas. Heitor olhou para cima, na direção das ruínas. A fogueira dos mendigos ainda ardia, mas o cheiro da carne não batia em seu rosto da mesma forma agressiva de antes.

Nos dias que se seguiram, quem olhasse para Heitor meio por alto não diria que alguma coisa estava mudando. Dois ou três colegas ainda se admiraram quando, um dia, ele se interessou por uma conversa sobre futebol. Heitor, por sua vez, não teve grande surpresa ao ver que encontrava com facilidade o que dizer a respeito dos jogadores ou do juiz, e ao ver que os colegas o escutavam sem pressa.

Certo dia, a caminho do trabalho, Heitor viu uma revista de palavras cruzadas na banca. Comprou, sem pensar direito no que fazia. Mas sentiu-se seguro de que, dali para a frente, aquilo teria de ser um hábito para ele. Apreciou o sossego matemático de cada letra fechada em seu quadrado. Admirou como as palavras proliferavam, obedientes ao desenho daquela árvore genealógica. Quase sorriu ao ver como elas se reproduziam, sob os seus dedos, sem sequer tocarem umas nas outras. Uma coincidência as prendia. Partilhavam o mesmo acaso. Podiam ser escritas em qualquer ordem, e o gosto de Heitor vinha do fato de que, para elas, não havia tempo, só espaço. Certa tarde, enfim, Heitor veio pedir à sua chefe para sair mais cedo, com a desculpa de que tinha de ir ao médico. A chefe concedeu e ele ficou vagando pelas ruas.

Já fazia algum tempo que ele não revelava o paradeiro de uma única peça de valor artístico. Por essa época, o trabalho já começara a se arrastar na mesa de Heitor e ele o soterrava com o peso de todos os protocolos. Após o ensaio de uma ressurreição, a família Monte Alverne foi novamente sepultada, mais uma vez extinta.

Em um mês, ou talvez menos, Heitor viu-se descendo as ladeiras ao lado dos outros funcionários, após o expediente. Pela primeira vez, as janelas fechadas do futuro museu viram Heitor, na companhia dos colegas de pesquisa, submergir passo a passo nas manchas das sombras das árvores. Sem esforço, Heitor deixava o pensamento se afundar nas preocupações cotidianas dos outros e achava que assim tudo estava bem. Na rua, agora, desviava o olhar dos olhos dos cães. Não ficava parado, de pé, de frente para eles. Mas ainda não lhe ocorrera dizer para si mesmo que estava curado.

ILHA DO CARANGUEJO

Para separar a terra da terra, isolar os bichos dos bichos, existe a ilha. Sei que tudo tem uma razão de ser e, para quem vive aqui, a obrigação do mar é manter a ilha cercada. Dizem que o mar daqui não é bonito. Como nunca vi outro, não sei se é verdade. O que importa é que seja profundo e bravio, o que interessa é que as correntes empurrem as ondas e sacudam os barcos no impulso do caos que se agita no fundo.

Descalça, passo de uma pedra para outra com saltos ligeiros. Piso firme, evitando que os pés deslizem, para que os mariscos não me cortem. Enquanto avanço, as ondas arrebentam de encontro às pedras. Um branco leitoso ferve em volta, rodopia numa espécie de fome. Um resto da espuma se estica na direção dos meus pés, a água toma a forma de uma rede de bolhas. Ao tocar minha pele, elas se desmancham com um chiado, um suspiro sem força, e o que resta escorre de volta pela borda da pedra.

Mais adiante, um pouco mais para cima, me deito sobre uma rocha lisa com as mãos cruzadas sob a cabeça. Pouco antes de o sol nascer, o céu fica prateado no centro. Desse arco de prata, saem as aves que todo dia visitam a praia.

Deitada, deixo que o sol e o ar salgado venham respingar no meu rosto. Espero que façam arder de leve a minha pele e fabriquem nos meus lábios as escamas salgadas que gosto de arrancar depois, com a ponta dos dentes. Para isso fizeram a ilha.

Eu sei: tudo tem uma razão de ser. Mas mesmo aqui conheci pessoas que acham que são elas a razão de tudo. Durante a maior parte do ano, a ilha é a ilha. Athos arranca as ervas da terra, colhe as algas na beira do mar e prepara nossa comida. Diabético, é quase só isso que ele come e me dá de comer. Eu expio minha fome e vingo minha curiosidade chupando as ostras de dentro das conchas. Sinto seu visgo tatear as paredes de minha garganta, enquanto vão descendo. Depois atiro as cascas vazias para dentro do mar. Afora isso, há as aves, as nuvens. O céu parado dorme e o vento ronca no vão dos rochedos.

Ainda sinto assim. Ainda sou capaz de experimentar a ilha dessa forma. Os borrifos de espuma salgada que pulam no meu rosto ainda me trazem uma espécie de alegria. Mas muitas vezes sou forçada a admitir que nunca mais foi a mesma coisa, desde que Eugênio veio e foi embora. Tantas vezes ele partiu e voltou, que de tempos em tempos me apanho olhando o mar ao meio-dia à procura do seu barco. Quando percebo o que estou fazendo, desvio o rosto. Chego a dar as costas para a água. O barco de Eugênio pode passar, pode afundar, e eu não vou saber.

Eugênio explicou que o seu motivo eram os pássaros. Eles viajam de longe, às centenas, vêm fazer ninhos na ilha. Ensinam os filhotes a voar e vão embora, deixando para trás a casca partida dos ovos. Pássaros, turistas, todos que vêm deixam alguma coisa. Às vezes, meu pensamento amolece, hesita e se perde no ar vazio. Isso me aborrece. Fico olhando as aves e me irrito com elas, sem saber direito o que Eugênio deixou aqui.

No verão, eles aparecem. Desembarcam com as bolsas erguidas acima da cabeça e com a mochila nas costas. Saltam na praia com a água nos joelhos, pois não há embarcadouro, e avançam tropeçando nas ondas. Gritam, riem uns para os outros. Um alarido semelhante ao dos pássaros.

Alguns não observam onde estão pisando, acabam caindo e molham toda a bagagem. Outros vêm cambaleando, de costas para a praia. Tiram fotografias do barco onde ainda se acham alguns passageiros, que acenam para a máquina. Em geral, não fazem mal a ninguém. No entanto, por algum motivo, sinto nisso tudo uma espécie de desrespeito.

Athos aluga quartos para eles. Serve a comida, cobra caro e ganha o dinheiro para o resto do ano. Alemão, velho, ninguém sabe a sua idade. Todo verão, Athos repete aos turistas que tem oitenta anos. Mas ele responde às perguntas com tamanha má vontade e sua fala é tão corroída pelo sotaque que ninguém pode ter certeza do que Athos está dizendo. Na verdade, a língua de Athos é um dueto de inimigos. Nas poucas sílabas que consegue encadear, o estrangeiro e o nativo falam ao mesmo tempo. Brigam, se desentendem, tentam calar um ao outro. Athos é um hospedeiro de inimigos.

Aos turistas, ele dá a entender que sou sua filha, ou não se importa que pensem assim. Está claro que os visitantes se surpreendem com a diferença de idades. Está claro que se sentiriam mais tranqüilos se Athos dissesse que é meu avô. Em todo caso, dá para perceber que para eles, no fundo, é melhor me imaginar como filha de Athos do que não me enquadrar em nenhum vínculo de sangue ou de responsabilidade. Alguma suspeita os perturba na idéia de uma mulher, jovem ainda, viver retirada nesta ilha.

Athos inventou para mim o nome de Bárbara. Às vezes, à noite, me deito com um resto de sol nas retinas. Vem a insônia e meu pensamento retrocede, escorrega por um declive, recua meses, anos inteiros, até topar com uma linha de sombra e, depois, um poço onde o vento zune. Imagens indistintas resvalam pelas pálpebras. Não durmo, não sonho. Não encontro, lá

141

dentro, o nome Bárbara, nem nenhum outro nome. Não encontro Athos, nem a ilha.

Prefiro pensar que aqui está tudo o que sei, tudo o que vi. Antes da ilha, para mim, não existe coisa alguma. Quando durmo, meus sonhos se passam na ilha. Por isso desprezo a insônia, que me fala de outra coisa, sem falar de nada, afinal. Detesto a insônia, que insiste em soprar na minha direção alguma forma mais antiga e vaga, mas sem força suficiente para chegar até onde me encontro.

Ao contrário do que parece, eu e Athos não estamos sozinhos na ilha. Do outro lado dos morros há uma povoação de pescadores, com embarcadouro, algum comércio e três pousadas que funcionam no verão. Estive lá duas vezes, com Athos, quando era menor, e até hoje me lembro da minha apreensão, do meu olhar desnorteado diante daquela gente. O sol ciscava pelos furos da aba do chapéu de palha dos pescadores. Sobre o rosto deles, quase todo encoberto pela sombra, eu via deslizar aquelas estrelas frias, na órbita dos olhos que ardiam, voltados para mim.

Com sua fala engrolada, Athos prestava explicações que ninguém podia entender ao certo. Mas sua voz teimosa conseguia plantar nas janelas e martelar nos portais, com nitidez suficiente, o nome Bárbara.

Aos olhos daquela gente, um nome possuía o poder de me justificar. Ao mesmo tempo, apaziguava suas dúvidas. De minha parte, nunca quis saber o nome de pessoa alguma. Não me importo que me chamem de Bárbara porque, de algum modo, mesmo antes de Eugênio vir para cá, sempre soube que esse não era o meu nome. Assim, eles nada possuem que seja meu.

O lado de cá da ilha é o que interessa. O lado em que vivo. O governo transformou esta parte em reserva, e Athos é a única pessoa autorizada a morar aqui. Não pode fazer obra alguma na sua casa, por isso só hospeda uns poucos turistas de cada vez. Não pode cultivar uma horta um pouco maior, não pode ter galinheiro, não pode instalar geladeira. Mas ele sabe fazer pão e bolo num forno a lenha. E seus chás fumegam o dia todo através das frinchas da janela. Conforme o vento, o cheiro me alcança e venho de longe para beber com ele, sentada no degrau da porta, de frente para o mar. Sempre que Athos sai para caminhar, retorna com um saquinho de pano cheio de folhas para chá.

Entre a reserva e a parte habitada da ilha, se comprimem as montanhas. Suas pontas de pedra empurram o céu ainda mais para cima. Cobertas pelo mato, entremeadas de abismos e paredões de rocha, as montanhas guardam a reserva. Uma vez na ilha, só se viaja de barco ou a pé, e só pelo mar é possível ir da reserva à parte povoada. Assim, posso ficar um pouco mais tranqüila. Posso imaginar que existe uma ilha, dentro de outra ilha.

Isso, como tantas outras coisas, fica mais claro no verão. Nessa época há dois tipos de barco trazendo os turistas do continente: o vermelho vai para a parte povoada, o amarelo vem para cá. Este é menor, menos sólido e, conforme o tempo, pode até não partir. Há pessoas que, ao ver o barco amarelo, ao ver o mar nervoso, desistem e embarcam no vermelho. É interessante imaginar essa situação. Eu, que jamais vi esse barco vermelho, às vezes me pergunto o que faria se tivesse vindo por esse caminho e pudesse ter escolhido o meu barco, se pudesse desistir. E então compreendo a vantagem de não ter que fazer escolha alguma.

Athos cuida de tudo para os turistas. Cozinha, lava os pratos e a roupa de cama, sem nunca pedir que eu o ajude. Seus movimentos são vagarosos mas nem os braços nem as pernas dão sinal de fraqueza. Athos acorda antes de todos, atravessa o dia numa atividade incessante e só se recolhe após lavar a louça do jantar. Deita a cabeça sobre o travesseiro, respira profundamente três ou quatro vezes e adormece. Menos do que um descanso, o sono é a sua última obrigação do dia.

Por mais discretos que se mostrem os visitantes, por mais que suas feições desmintam suas vontades, percebo que estranham nossa divisão de tarefas. Às vezes, parecem mesmo inconformados. Sem dizer uma palavra, procuram em vão a chave do regime de indiferença que vigora entre o pai e a filha: o ancião que trabalha sem parar, enquanto a jovem se estende sobre a areia, contempla o céu, cochila ou perambula à toa pela praia e pelas pedras.

Reconheço que isso deve contribuir ainda mais para que não sintam grande estima por mim — como se já não bastasse, para induzir a sua antipatia, o meu jeito seco, quase hostil, de costume. Mas aponto os locais perigosos e assim evito que eles se afoguem. Ensino como pisar nas pedras para que não se cortem. Certas manhãs, pouco antes de o sol nascer, levo-os a uma enseada sem ondas e de água clara. Ficamos esperando de pé, dentro do mar. A água batendo no peito. Digo para ninguém se mexer nem falar.

De repente, vindos de várias direções, acorrem dezenas de golfinhos. Saltam à nossa volta, deslizam em velocidade a pouca distância do nosso corpo. Às vezes, um deles empina bem ereto, fora da água, e vemos como o céu se espelha na luz do seu couro molhado. Depois o golfinho deixa o corpo tombar com todo o peso e a água espirra com força em nosso rosto. Alguns golfinhos piam para o ar, brandindo os bicos na direção do céu. A partir do horizonte, a manhã começa a subir e correr em nossa direção.

Até certo ponto, compreendo por que os turistas se mostram tão entusiasmados quando os golfinhos vão embora e tudo termina, enquanto a água ainda balança, de leve, de encontro ao nosso peito. Mas quase sempre acabo achando que eles exageram. Desconfio que viram e sentiram menos do que expressam. Suspeito que a sua admiração exaltada quer, no fundo, transformar os golfinhos e o mar em coisas tão triviais quanto eles mesmos se sentem, quanto eles mesmos sabem que são, na verdade.

Por isso, quando os visitantes tentam se mostrar gratos, minhas feições, mesmo sem eu querer, já descosturaram o remendo de cortesia que eu havia pregado na cara. E os turistas se retraem ao meu lado. Têm certeza de que estão lidando com uma pessoa difícil.

Mas nem todos são assim. Alguns poucos logo compreendem que convém falar pouco. Passam pela ilha sem pisar fundo na areia, sem bracejar com força na água. Alguns homens vêm sozinhos e, às vezes, voltam para mim um olhar mais demorado. Seus olhos acenam no ar vontades que eu entendo e a que, mais de uma vez, já cedi.

Isso não me desagrada. Mas também não me importa. Não lembro nem esqueço coisa alguma. Existe, eu sei, uma linha que nunca se quebra e a ela eu me agarro com toda a força. Na verdade, olhando bem, a ilha gira bem devagar. Após um ano, volta ao ponto de partida. O verão recomeça sempre igual e confirma que nada saiu do lugar.

Com Eugênio, não foi um verão. Não foi uma vontade. Seu barco ia e vinha, cortando as estações do ano numa diagonal. Seu barco inscrevia no mar e na ilha um ciclo de tempo próprio. Mas talvez não. Talvez, mesmo na ilha, Eugênio continuasse apenas a seguir o tempo do continente, da terra de onde ele veio. O tempo das salas de aula, dos corredores e gabinetes onde, segundo ele me dizia, às vezes não se pode saber ao certo se faz sol ou se chove do lado de fora.

Talvez por isso Eugênio desse a impressão de querer limitar ao máximo sua presença física na ilha. Vivia com a cabeça coberta por um chapéu de abas largas e não saía sem que a pele estivesse bem lambuzada de protetor solar. Plantas, conchas, ninhos, Eugênio quase não tocava em coisa alguma. Quando o fazia, sua expressão dava a entender que era obrigado a isso pelas circunstâncias de seu trabalho. E tentava se justificar — mais para si mesmo do que para mim — restringindo-se a uma série de procedimentos planejados com rigor, etapa por etapa.

Observava sempre onde estava pisando. Mais de uma vez o vi reter o passo, com o pé suspenso no ar, espreitando o solo com cautela. Seguro de que nada havia ali, ia em frente, no seu modo estranho de caminhar. Explicou que imitava certos animais caçadores. Para fazer menos barulho no mato, eles avançam colocando um pé diante do outro, e não ao lado, como nós. Eugênio andava como se estivesse autorizado a pisar apenas sobre uma linha esticada sobre o solo. Sua presença devia ocupar o espaço mais restrito possível.

Parecia uma forma de respeito e eu o apreciava. Porém, com o tempo, cheguei a imaginar que fosse também uma forma de desprezo. Vi na delicadeza uma maneira de repelir, me veio a idéia de que a discrição pode abrigar o descaso pela opinião dos outros. Coisas que nem de longe passam pela cabeça dos animais caçadores.

Eugênio se espantava por eu ser capaz de me exprimir dessa forma. Eu parecia falar de um modo limpo demais, para quem passou a vida num local tão isolado. Por viver numa ilha, quase sem ver outras pessoas a maior parte do tempo, talvez fosse mais natural que em lugar de frases completas eu me expressasse por meio de uns poucos monossílabos, algumas vírgulas e reticências sem rumo.

Ele se espantou de novo quando soube que nunca fui a uma escola e que aprendi a ler sozinha. Não contei com essa intenção, mas acho que gostei de ver como ele ficou admirado. Gostei de imaginar que minhas desvantagens podiam se transformar em privilégios, quando Eugênio voltava sua atenção para mim.

Expliquei que era bem pequena e ficava folheando as revistas e livros que os turistas esqueciam na casa de Athos. De algum modo, eu sabia que as mesmas palavras que eu escutava, quando as sílabas passavam voando perto de mim, tinham seus esqueletos enterrados ali no papel. Eu achava uma grande esperteza nas letras, por saberem esconder o seu som, ao mesmo tempo em que se deixavam ver inteiras nas páginas abertas. Eu suspeitava até que podia haver nisso um exemplo que eu devia seguir.

Detinha-me nas letras maiores, apostando que fossem menos ariscas, mais fáceis de apanhar. Certa vez, Athos se aproximou por trás de mim e, sem dizer uma palavra, virou ao contrário a página que eu tinha na minha frente, aberta no chão. Depois, seguiu adiante. Entendi que eu estava olhando as palavras de cabeça para baixo. Comecei então a desarmar o seu segredo.

A princípio, perguntava ao Athos, apontando as letras. Ele raramente respondia, mas logo me dei conta de que a sua maneira de falar, tão diferente da pronúncia dos turistas, pouco me ajudaria. Assim que o verão começou e os turistas chegaram, passei a andar à roda deles, com uma revista na mão ou apenas uma página arrancada. Durante algumas semanas, eu os importunava a qualquer hora. Até onde posso lembrar, quase todos demonstravam boa vontade, admirados com minha insistência.

Afinal, eu era pequena. Athos cuidava de mim ao seu jeito. Imagino que eu devia parecer um tanto misteriosa e oca, quase sempre procurando os cantos da casa, os pontos isolados da praia, quase sempre em silêncio. Não fosse minha tenacidade em aprender a ler, os outros só veriam em mim o desinteresse, o ar remoto e distraído com que eu acompanhava a movimentação dos visitantes e os trabalhos de Athos.

A primeira seqüência de letras que ressoou na minha cabeça foi "Aulas de piano em casa". Os sons avulsos giraram a esmo em minha mente, durante um tempo. Em seguida, num impulso repentino para o centro, ocuparam todos o seu lugar na fila. A expressão soou com a força de um estrondo, de uma onda que cresce e arrebenta numa massa de espuma. Movida por um instinto, voltei atrás para conferir e ler uma e outra vez, ainda. Três coisas que jamais conheci na ilha: aula, piano e casa. Pois esta será sempre a casa de Athos.

Quem chega ao meio-dia, depara com a ilha ardendo, rachando sob a luz do sol. Tem a impressão de esbarrar em uma redoma luminosa, que repele os visitantes para trás. Enquanto o sol risca sombras de carvão sobre o solo e estala faíscas na areia e no mar, quem chega ao meio-dia nem sequer imagina que, mesmo a essa hora e com tanta luminosidade, os reis da ilha são invisíveis.

Eles detestam o calor. Não acreditam na luz. Cansados de ficar escondidos, ávidos de movimento, só aparecem quando o sol começa a se pôr. A partir daí, a noite inteira ferve com a sua atividade, e horas depois eles se recolhem, de manhã bem cedo, com a areia ainda fresca da aragem noturna. Comem de tudo: animais e plantas, vivos ou mortos, e até o lixo dos turistas, tanto na terra como na água, tanto no mar como na lama junto aos riachos que deságuam na praia.

Com a ajuda de suas tenazes, eles reconstroem a entrada das tocas. Acumulam pedrinhas e conchas, erguem pequenos muros e terraços. Com seus corpos quase vermelhos, rastejam de lado ou de ré sobre a areia. Raspam o casco sobre as pedras num atrito de dentes e unhas nervosas. Em sua marcha instável, avançam de pinças erguidas, hastes que cresceram fora de qualquer proporção e que eles mal têm forças para carregar. Mas elas são o seu orgulho, a sua alma cicatrizada em forma de osso. Eles as agitam no ar em giros e meneios de conquistadores cegos. Parecem dizer: "Vou pegar", "Tudo é meu".

Às vezes, caso os visitantes me parecessem de uma tolice além do razoável, eu convidava alguns deles para dar uma volta de noite, em grupo. Com a presença de mulheres se tornava mais interessante. Eu escolhia uma noite escura, sem lua ou de céu encoberto. Saíamos da casa e seguíamos uns quinhentos metros pela praia, na direção do mar, enquanto a escuridão estreitava suas paredes à nossa volta. Os turistas falavam, ainda desatentos, mas logo se davam conta do ruído áspero. A trituração, os flocos pisados. Estalos e pontas agudas, uma efervescência na areia ao redor, a uma distância ameaçadora de nossos pés.

Só então eu acendia a lanterna e deslizava o facho de luz sobre a praia, devagar, para um lado e outro. Os turistas prendiam o fôlego. Contraíam-se com arrepios de um vago arrependimento, eu sei. Eu sinto. Aonde quer que a lanterna apontasse, só viam caranguejos. Tão juntos uns dos outros que poderiam estar entrelaçados, enganchados em suas antenas e pinças, formando correntes vivas. Em uma ebulição vermelha, centenas se aglomeravam, entrechocando suas cascas em um alvoroço sem sentido, mas obviamente faminto.

Ainda com a lanterna acesa, correndo o círculo de luz sobre a praia, eu permitia que ficássemos ali mais um pouco, até o momento em que começaríamos a correr o risco de levar uma picada acidental. Uma bobagem, um susto e uma brincadeira fútil, admito. Eu era muito nova, parei com isso. Naquele intervalo, contudo, eu notava como os turistas passavam a temer mais a parte encoberta pela escuridão do que a fração da noite que a lanterna iluminava. Havia para eles uma lição naquele gracejo.

Eu lia isso no seu silêncio, na sua respiração um pouco ofegante, durante o nosso caminho de volta. Eu notava também que eles começavam a adivinhar que havia em mim, e talvez em Athos, uma parte que eles não podiam enxergar. Não é impossível que um ou outro chegasse a pressentir o que era a ilha para nós.

A duas horas de caminhada da nossa praia ficam as ruínas. Às vezes, gosto de levar os turistas até lá. Gosto também de caminhar sozinha nos pátios de pedra. Me agrada sentir na sola dos pés o musgo gelado e o sulco que corre entre uma laje e outra. Há duzentos anos acharam por bem construir uma fortaleza aqui, naturalmente para proteger a ilha, manter os outros afastados. Seria até uma coisa sensata, não fosse a desvantagem de virem para cá os soldados e suas famílias. Mais sensato ainda foi terem desistido de tudo, no final.

Gosto de vagar junto ao pouco que resta das muralhas e torres desmoronadas. Toda serenidade requer alguma destruição anterior. Sempre me sinto satisfeita quando verifico, mais uma vez, que ninguém pode usar essas pedras e paredes para se abrigar, e que delas não se espera mais nenhum fim prático. Me reconforto ao ver como a ilha mastigou tudo isso.

Os visitantes não têm a menor vergonha de demonstrar que as ruínas, para eles, não passam de uma curiosidade frívola. Um passatempo para seus olhos afogados de tédio. As ruínas não lhes dizem respeito, não é nada que aconteça com eles. A pureza dessa sua falta de pudor às vezes chega a ser comovente. Por mais que eu me esforce, não consigo imaginar como possa ser a sua vida, lá de onde eles vêm.

Tiram fotografias como se tivessem afinal viajado para isso. Um deles mandou de volta para cá uma foto onde apareço sentada, sozinha, no canto de um resto de muro nas ruínas do forte. Estou descalça, os pés no alto sem tocar a areia. O vento empurra meu cabelo, que cobre todo o rosto exceto a ponta do queixo. Mas sei que sou eu. Sei que é a ilha.

Sem a menor necessidade, como se fosse uma questão duvidosa, como se desejasse me convencer, o visitante escreveu atrás da fotografia: "Bárbara". Mas nisso, e sem querer, o turista acertou. Chamar de Bárbara aqueles pés descalços, aquela máscara de cabelos e a ponta do queixo que aflora em forma de ovo não pode ser o mesmo que chamar a pedra e o muro em ruínas, onde estou sentada, de pedra e muro.

Eugênio também me chamava "Bárbara". E na sua voz um pouco arranhada, na respiração áspera das suas vogais, transparecia a sua língua original. Mas só de leve. O bastante para eu ficar curiosa e tentar seguir a linha daquela pronúncia abafada por trás do novo idioma. Suspeitava que Eugênio pudesse dizer duas coisas ao mesmo tempo.

Quando o levei às ruínas pela primeira vez, ele me disse que era estrangeiro e me contou a história do forte. Estranhou que eu não conhecesse o caso, mas achou melhor ocultar o seu espanto, por não saber ainda como eu reagiria. Notei seus escrúpulos. Previ o homem cauteloso que viveria na ilha por um tempo, ao meu lado e ao lado de Athos. Admirei de saída a mesma atitude de que hoje, contra a minha vontade, desconfio: havia cuidado demais por tudo, havia recato demais por mim, para que ele não sentisse também alguma repugnância.

Largados nas ruínas, há quatro canhões de ferro maciço, encaroçados pela ferrugem, pela maresia e pelos excrementos das aves. Lembro que, enquanto Eugênio contava a história do forte, percebi uma ondulação de sombras avermelhadas no fundo da boca de um dos canhões. Uma língua se desenrolava lá dentro. Em seguida, um caranguejo saiu rastejando pelo buraco de ferro, como se nossas vozes importunas o tivessem despertado. Tratou logo de fugir do calor e do sol, se enterrando em um túnel na areia. Não apontei o caranguejo para Eugênio, que não o viu e continuou a falar.

O governo deixara na ilha um grupo de soldados, além das mulheres dos que eram casados e seus filhos pequenos. Havia guerra com um outro país e a missão daquele destacamento seria garantir a defesa da ilha. Mais tarde, rebentou uma revolução seguida de guerra civil. O governo, ou o pouco que restava dele, esqueceu completamente aqueles soldados. Sem receber notícias nem suprimentos, o capitão mantinha a ordem graças a um núcleo de subordinados leais e aos castigos severos que aplicava aos mais impacientes.

Com o tempo e as privações, veio a fome, proliferaram as doenças. O desespero tomou a forma de ameaça à autoridade do capitão. Dia e noite, as tempestades se sucediam. Vendavais sacudiam as águas, vergavam os coqueiros e levantavam a areia, que se amontoava em rampas junto às paredes do forte. As ondas quase nunca cessavam e, mesmo nos curtos intervalos em que o céu parecia um pouco mais limpo, o mar batia raivoso contra a praia. Como não dispunham de nenhuma embarcação capaz de navegar distâncias maiores, os militares, cada vez mais ansiosos, voltavam sua atenção para o mar, à espera de um navio salvador.

Certa tarde, durante uma dessas tempestades, avistaram um navio ao longe, no meio da neblina, por trás da massa da chuva e dos borrifos do mar agitado. Não parecia trazer bandeira alguma e, mais de uma vez, permaneceu certo tempo fora de vista, oculto pelas ondas mais altas. Logo o capitão se convenceu de que os tripulantes da embarcação não os veriam ali na praia. Em desespero, com o intuito de alcançar de algum modo o navio, o capitão deu ordens para lançar ao mar o seu único barco, um escaler que requeria muitos homens para manobrar os remos. Em terra permaneceram apenas as mulheres, as crianças e um único soldado.

O escaler desaparecia várias vezes para ressurgir mais adiante, um pouco mais difuso, num repentino giro de espuma. Viam-se os remos escavando o ar em falso, sem tocar a água, quando o mar se encolhia de repente para o fundo, abrindo fossos inesperados ao lado do casco. Quando já estava a uma certa distância da praia, as mulheres viram como o barco foi impelido para cima, pondo a nu uma parte do fundo do casco, e depois desapareceu de um só golpe, deslizando para trás de uma onda enquanto a neblina se fechava sobre ele.

A essa altura, as pessoas na praia já haviam perdido de vista o navio sem bandeira, que fora arrastado pelo vento ou fugira do perigo dos recifes. Entre os homens do escaler, não houve um só corpo que viesse bater de volta na praia.

O único soldado sobrevivente reuniu as armas e, em pouco tempo, instalado no alto da torre principal, passou a exercer uma tirania sobre as mulheres. Aquelas que não se submetessem eram castigadas ou mesmo mortas. Quanto tempo isso durou, não se sabe ao certo. Mas muito depois, quando o primeiro navio aportou na ilha, os tripulantes encontraram apenas um pequeno grupo de mulheres e crianças, enfraquecidas e doentes. Elas contaram a história.

Certa madrugada, duas mulheres e uma menina, armadas com espetos de bambu, conseguiram surpreender o soldado adormecido em seu reduto. Ele ainda teve tempo de apanhar o mosquete e disparar contra uma das mulheres, mas isso não evitou sua morte. As mulheres contaram que aquela não havia sido a primeira tentativa. Mostraram as cruzes e as sepulturas.

Talvez essa história tenha se misturado à minha imagem de Eugênio. Talvez, em razão também do que iria acontecer mais tarde, ele tenha insinuado um pouco, aos meus olhos, a idéia de uma espécie de vidente, alguém capaz de adivinhar o passado.

Nas noites seguintes, a maré de pensamentos desencontrados que varreu minha insônia carregou essa história de um lado para o outro na minha mente, lavou muitas vezes em água salgada os corpos dos homens afogados, as mulheres exaustas e a menina vingadora. O espeto de bambu vibrou em minha mão e palpitava, carregado de poderes. Eu não podia deixar de me ver no lugar daquela menina e imaginar que era ela. Cheguei mesmo a achar natural ter duzentos anos de idade, uma vez que eu não sabia de onde tinha vindo — e ainda prefiro pensar que não sei. Como antes, minha memória esbarra num muro, escorrega num poço e se detém. Hoje, mais do que então, sei muito bem que Bárbara não sou eu.

Quando expliquei a Eugênio que não era filha de Athos e que meu nome não era Bárbara, ele pareceu um pouco surpreso, ou achou que deveria se mostrar assim. Quando contei os devaneios da minha insônia a respeito do forte e dos duzentos anos, ele não se conteve e exclamou alguma coisa na sua língua, sons estranhos mas carregados de aprovação.

Por algum motivo, Eugênio quis reforçar aquilo que eu mesma estava pronta a tomar por delírio e que não poderia ser outra coisa. De certa maneira, conseguiu. Cada episódio da história do forte veio a adquirir, na minha memória, a mesma espessura de minhas outras lembranças. Cada rosto de homem e mulher daquele forte ganhou uma carne quase tão firme quanto a dos turistas do último verão. Após o trabalho de algumas poucas insônias, eu tinha vivido aqui na ilha, há duzentos anos. Havia provado a fome, tinha ardido com todas as febres e cobrira os olhos com o braço, para me proteger das rajadas de areia no meio das tempestades que nunca vi.

Há poucos dias, um grande golfinho morto apareceu na beira da praia. A maré baixou muito e a água não tinha força para levar o corpo de volta. Era um erro na paisagem e, de longe, parecia uma cicatriz na pele lisa da praia. Um redemoinho de abutres começou a girar, lento, no céu. Em seguida, alguns desceram. Tinham a cabeça pelada e o papo vermelho. Athos não se importaria com o golfinho morto se não houvesse turistas na ilha. Assim, dirigiu-se para lá com uma pá na mão. Começou a cavar um grande buraco na areia e de vez em quando espantava os abutres agitando a pá num movimento a esmo. Não pude conter o pensamento de que ele já fizera aquilo antes em outra parte, já havia machucado assim o chão da ilha. Talvez então tivesse também afugentado os abutres, brandindo contra eles a mesma pá, porém com mais vigor, com mais sinceridade, pois não se tratava do corpo de um golfinho. E voltou o ressentimento para com Eugênio, quando me apanhei imaginando, sem querer e com uma maldade sem propósito, que nome Athos inscreveria dessa vez no túmulo do golfinho.

* * *

Há outra coisa que não dá para notar, quando se chega à ilha ao meio-dia. Só no final da tarde eles descem sobre a praia. Por certo tempo, ainda pairam quase invisíveis no ar, pois têm o corpo transparente, são fragmentos de vidro que o sol do crepúsculo perfura. Mas, depois que picam uma pessoa ou um bicho, os mosquitos aparecem na forma de criaturas líquidas, vermelhas. É o sangue dos outros que delineia por dentro as formas do seu corpo. Gotas de sangue voadoras, gotas com vontade e com fome. Porém sangue exige mais sangue, a gota quer crescer — é a lei do mundo. Os mosquitos zumbem e rodopiam à nossa volta, em estreitos círculos de sede. Obrigam-nos a abandonar a varanda, nos forçam a procurar o interior da casa e baixar a tela protetora das janelas.

A picada dos mosquitos só dói depois de eles terem fincado a sua agulha e sugado o nosso sangue. A ferocidade dos assaltos em bando intimida. Nem os ataques nem a dor duram muito tempo, mas imagino que essa seja uma das razões que levam os turistas, em geral, a não voltar mais aqui.

Sempre achei estranho que desejem tanto visitar a ilha, estimulem outros a vir depois, mas quase nunca retornem eles mesmos. Por generosidade, querem que outros desfrutem aquilo que eles gozaram e ao mesmo tempo fazem da ilha um campo de desforra. Castigam-se uns aos outros em segredo e sempre entre amigos. Por mim, é claro, melhor seria que nunca tivessem vindo. Mesmo assim, isso me faz pensar e aumenta minha incompreensão a respeito dessa gente.

Athos não liga para os mosquitos. Nunca abana as mãos, nem sequer balança a cabeça. Na verdade, vi diversas vezes Athos estender o braço sobre a mesa e ficar imóvel, observando um mosquito se servir. Não que ele faça isso para se exibir. Ao contrário, creio que Athos nem sabe que notei sua intimidade com os insetos. Nesses momentos ele parece até contente, quase capaz de sorrir.

Uma vez, chegou a murmurar algumas sílabas em alemão. Não entendo essa língua. Não entendo muita coisa do que Athos fala, mesmo na minha língua, mas achei que podia ser o nome de alguém. Se ele inventou um nome para mim, pode inventar nomes para o que bem entender. Até para os mosquitos. Afinal, Athos está dando para eles o seu sangue.

Não sei ao certo quando foi que descobri. Não creio que Eugênio tivesse a intenção de esconder aquilo de mim, apenas não era assunto da minha conta. Escutei vozes na parte da frente da casa, de noite. Parecia a língua de Athos mas não era a voz dele. Descobri que Eugênio falava alemão, enquanto Athos ouvia, balançava a cabeça e roncava uma resposta, um pouco a contragosto. Athos apontou o dedo na direção dos morros. Foi o que vislumbrei pela porta entreaberta, quando passei e ouvi.

Segui depressa para o quarto dos fundos e fechei a porta para não escutar mais nada. Não quis admitir, mas a idéia de que Eugênio falasse alemão me deixou contrariada. Como era inevitável, imaginei que Eugênio também fosse alemão, embora nunca tenha perguntado a ele a verdade. Se os dois conversavam em alemão e se escondiam assim na sua origem comum, calculei que Athos devia estar falando de mim, inventando uma história para Eugênio. A história de Bárbara.

Um dia, num mês de mau tempo e mar escuro, restos de um naufrágio vieram dar na praia mais afastada da reserva, um estreito triângulo de areia, rodeado por rochedos. Nas reentrâncias das pedras, crescem cáctus. Com dificuldade, vencendo a rocha íngreme e os espinhos, Athos desceu até lá.

Pareciam destroços de um barco pequeno e, dentro de uma caixa fechada, Athos encontrou um bebê bastante debilitado. Inventou um nome, inventou uma história para contar aos outros, por mais absurda que fosse, e eu fui ficando na ilha. Falando alemão para outro alemão, ele não se importava de contar a verdade, não temia ser ouvido por ninguém. Era isso que eu imaginava, no quarto fechado, sem sequer escutar suas vozes.

Através da janela, eu via do lado de fora os mosquitos enfurecidos, zumbindo e rodopiando em vão contra a tela. Revia em pensamento a espuma leitosa fervendo junto às pedras. A agitação dos caranguejos caçando de noite na areia.

Deitada na cama, pesada de sono, fechei os olhos. Revi sobre a praia o pequeno caixote fechado. Com a pinça erguida, um caranguejo procurava uma maneira de entrar. Ali dentro da caixa, com poucos meses de vida, exausta de sono e fraqueza, escapei da insônia e enfim dormi profundamente, imaginando que eu era Bárbara.

As aves não fazem ninhos nas árvores, mas sobre a terra ou mesmo dentro de tocas escavadas no solo. Eu via Eugênio enfiar o antebraço na terra, pegar uma ave e prender um anel numerado na sua perna, antes de colocá-la de volta no buraco. Elas se mostravam sempre tranqüilas, como se conhecessem Eugênio e estivessem esperando por ele. Pelo que entendi, Eugênio iria procurar aquelas mesmas aves meses depois, em outras ilhas ou no litoral de um continente distante. Após mais ou menos um ano, voltaria a fim de conferir se elas haviam retornado às mesmas tocas, se o número do seu anel correspondia ao seu endereço de um ano antes.

A voz de Eugênio tremeu um pouco quando me explicou que os pássaros percorriam quase metade do mundo durante um ano, antes de retornar à ilha. Ele falava segurando a ave nas mãos, alisando devagar suas asas, cujas penas estavam levemente arrepiadas. O pássaro parecia nos olhar com expressão de sono. Eugênio gostava de enfatizar a extensão daquela viagem. Falava em aventura e deslizava para mim um olhar que pretendia transmitir estímulo. Por acaso ou por premeditação de Eugênio, o fato é que, da elevação rochosa em que estávamos, eu podia ver seu barco lá embaixo, ancorado a poucos metros da areia.

Se alguma vez pensei em me afastar da ilha, talvez tenha sido ali — o pássaro nas mãos de Eugênio, sua voz grave rolando contra o vento, o barco oscilando de leve, no mar, às suas costas. As aves iam e voltavam, Eugênio vinha e partia, e seu barco também havia de regressar, um dia. Parecia simples: jogar uma linha o mais longe possível e puxá-la de volta. Ou então manter o fio sempre bem enrolado e preso. Talvez eu tenha mesmo pensado em partir. Talvez também tenha passado pela minha cabeça a imagem de Eugênio chumbando um anel numerado no meu tornozelo.

Eugênio tripulava seu barco sozinho e sentia orgulho disso, tinha orgulho do seu barco. Consumia boa parte do tempo cuidando das peças, limpando e restaurando o casco, encerando cordas, lubrificando roldanas. Tateava seu barco por dentro e por fora em busca de alguma falta, algum desvio nas linhas de uma superfície que ele conhecia de cor, como a escrita dos cegos. Eugênio cuidava do barco como se ele pudesse durar para sempre.

Eu nadava até perto do barco e, boiando na água, via Eugênio trabalhar. Ele me cumprimentava meio distraído e prosseguia. Só mais tarde, tempos depois, me convidou para subir a bordo e ver como era por dentro. Confesso que eu gostava do barco e desejava mesmo conhecê-lo de perto. Tinha simpatia pelo seu ar independente, o seu jeito atrevido de interceptar as ondas, e compreendi que ele era também, ao seu modo, uma ilha.

Mesmo assim, Eugênio teve de me convidar mais de uma vez. No entanto, só quando entrei, afinal, no barco, experimentei a emoção que até hoje me intriga. Uma pressão que me empurrava para fora da pele molhada, um impulso que não cabia no espaço que separava o barco da ilha.

Eu nunca tinha visto nada tão bem tratado como o seu barco. Até onde eu podia ver, era só ferro, madeira e borracha. Repousava sobre o mar, satisfeito em seu contorno oco, completo no seu espaço vazio, graças ao qual podia flutuar. Eu não era ferro. Não era madeira nem borracha. Minha silhueta incerta falhava na luz do dia e, mais do que nunca, senti como eu pesava no mar e na terra.

Pulei de volta na água e nadei para longe, enquanto Eugênio gritava — talvez a única vez em que o ouvi gritar — "Bárbara!". Nem sequer olhei para trás. O nome que ele gritou passou longe de mim.

Quando tento recompor o que houve, me dou conta de que as conversas entre Eugênio e Athos em alemão se tornaram pouco a pouco mais freqüentes. Parece que Eugênio passou a procurar Athos com mais deliberação, como se tivesse coisas mais ou menos urgentes a dizer, a perguntar. Cada vez que chegava à ilha, após uma temporada ausente, parecia vir mais resolvido, mais insistente. Com o tempo e o torpor dos dias na ilha, acho que sua vontade ia aos poucos esmorecendo. Além disso, de vez em quando eu tinha a impressão de que ele sentia certa pena do velho. Por sua vez, Athos não conseguia disfarçar a relutância com que escutava e com que às vezes respondia.

Eu evitava aquelas conversas. Tentava manter-me longe, por algum motivo. Mas em uma ilha, em uma reserva com uma só casa, era impossível que eu não resvalasse de algum modo no raio de alcance das suas vozes. Sobretudo porque, à medida que o tempo passava, seu timbre subia e as aspirações do alemão enfatizavam mais e mais a aspereza das pedras, da areia e do mar chiando na praia.

Se fosse possível somar tudo o que Athos me disse na minha vida inteira, acho que não chegaria à metade do que conversou com Eugênio. No entanto menti quando disse que não entendo alemão. Contra a minha própria vontade, e até para minha irritação, um punhado de palavras da língua de Athos acabou ficando entranhado na minha memória.

É verdade que eu queria evitar aquelas conversas. Mas às vezes, sem entender direito o motivo, eu me via rondando o limite das suas vozes, e as recriminações mais pesadas, mesmo atenuadas pela distância, chegavam a rolar até os meus pés. Uma ou outra palavra, ou meia palavra apenas, mas nunca uma frase. Nunca uma expressão completa. Mais de uma vez as sílabas do nome "Bárbara" — um estrondo e dois ecos — vieram respingar de leve no ar a meu redor.

Tudo isso faz certo tempo. Não conto os meses, não prendo anéis numerados nos anos. Não posso afirmar ao certo quando começou a rondar meu pensamento a idéia de que havia uma outra Bárbara nesta mesma ilha. Mas graças a isso passei a aceitar, de modo um pouco mais natural, que Eugênio me tratasse por esse nome.

Eu virava de bom grado a cabeça quando o ouvia chamar assim. Sabia que não era eu. Mas entendia agora que, para Eugênio, para Athos, havia outra Bárbara na ilha, e esse erro, esse desvio, me parecia tornar a situação mais fácil de aceitar. Eu dividia com alguém o mesmo engano. Pelas minhas contas, dividir um erro já seria recuperar metade da verdade. Assim, aplacava minha insatisfação, por mais que no fundo pressentisse, já na época, que a outra metade, a metade que faltava, havia de ser a pior.

Athos cansou primeiro. Durante o período inicial, suas conversas com Eugênio corriam entrecortadas por exclamações de impaciência e protestos estridentes — que eu só ouvia de longe, ou apenas adivinhava na agitação das mãos. Depois, pouco a pouco, Athos deu sinais de que ia render-se. Aceitava um pouco melhor a insistência de Eugênio e uma vez, de passagem, vi Athos pôr a mão na testa e balançar a cabeça.

Haviam adquirido o costume de caminhar juntos pela praia, ou perto do mato, enquanto conversavam. Do topo de uma pedra ou de algum ponto elevado, eu os observava à distância. Um dia, notei que tinham tomado uma direção inesperada. Entraram na mata num ponto onde um córrego vinha desembocar na praia. Bastava caminhar dentro da água do riacho para ir penetrando na mata fechada. Era uma água fresca e limpa, eu sabia, e o leito raso e regular não devia criar maiores dificuldades para pés descalços. Com surpresa, reconheci ali uma área da ilha que eu não freqüentava. Se fosse mais sincera, podia ter admitido desde então que na verdade eu evitava circular naquele terreno.

Por mais que eu relutasse, entendi que devia ir atrás deles. Não estavam andando por andar, tinham um objetivo. Desci de onde estava, o mais depressa que pude. Certa de que eles não podiam me ver, atravessei a praia correndo na direção do riacho. Afundei os pés na água fresca. Ela deslizava em silêncio ao contornar minhas canelas e depois desenhava espirais transparentes que logo desapareciam atrás de mim.

Avancei contra a corrente e por um momento me veio a sensação de que estava retornando ao ponto de partida, puxando uma linha de volta. Mas isso também passou. Minha preocupação era saber que direção Athos e Eugênio haviam tomado e não permitir que me vissem.

Após uns trinta minutos seguindo o riacho, o mato da margem direita afinal se abriu para uma clareira de rochas. Lagartos se esgueiravam em fuga para recantos escuros. Certifiquei-me de que Athos e Eugênio não estavam à vista. Deduzi que tinham contornado uma rocha mais alta, quase toda envolta por trepadeiras, que se erguia no fim da clareira.

Em seguida havia um morro baixo, com alguns arbustos esparsos e revestido, de um lado a outro, por um capim que alcançava a minha cintura. Galguei o morro agachada. Fiquei satisfeita ao ver que as folhas do capim não tinham beiradas cortantes e que sua altura permitia que eu me mantivesse escondida. Essa foi minha primeira preocupação ao chegar ao topo do morro, pois avistei Athos e Eugênio, ao longe.

Estavam em um pequeno vale em forma de semicírculo, coberto por uma erva rasteira, entremeada de pedregulhos redondos. Abaixada no meio do capim, com os insetos zumbindo à minha volta, eu via os dois homens, minúsculos àquela distância, caminhando para a extremidade do vale. O sol fazia subir do solo ondulações de calor, que deformavam a imagem de Athos e Eugênio. Às vezes, eu os confundia com as pedras. Quando alcançaram o fundo do vale, se detiveram. Pareciam estar de costas para mim. Depois, tive a impressão de que se sentavam e esperavam. Sua atitude dava a entender que haviam chegado ao seu objetivo, mas de onde eu estava não conseguia enxergar o que podia haver ali.

Enquanto os insetos zumbiam com mais força no ar perto de mim, imaginei o som de suas vozes, falando um com o outro sempre em alemão. Um vento suave empurrava o capim, desenhava ondas que percorriam toda a extensão do morro onde eu estava escondida. Era o mesmo que estar no mar de novo, olhando para a praia, bem longe.

Por fim, Eugênio se levantou, tirou o chapéu um instante e esboçou movimentos em que reconheci sua eterna preocupação de cobrir a pele com protetor solar. Em seguida, curvou-se ligeiramente como se observasse algum objeto no solo, ou se despedisse de alguma coisa no chão, ainda que isso parecesse absurdo. Pôs o chapéu outra vez na cabeça e fez menção de tomar o caminho de volta. Athos se levantou e andou ao seu lado.

Vinham mais devagar agora, seus passos mais pesados na relva. Previ que tomariam o caminho mais longo, contornando o morro onde eu estava. Logo os perdi de vista. Antes de descer até o vale, esperei um tempo que me pareceu suficiente para que Athos e Eugênio estivessem longe dali. Avancei sobre a vegetação rasteira, desviando-me dos pedregulhos. Enquanto os insetos ainda zumbiam em meus ouvidos, avistei o que Athos e Eugênio tinham buscado ali, no fundo do vale.

Ao ver a pequena cruz de uma sepultura, lembrei-me da história do forte. No entanto, ao chegar mais perto, constatei que ela não podia ser tão antiga, não podia ter duzentos anos. Enfim, curvei-me sobre o túmulo, do mesmo modo que Eugênio fizera pouco antes. Havia datas, havia poucas letras. O nome Bárbara resistia ainda ao avanço do musgo.

Os filhotes das aves já estavam mais crescidos, começavam a voar com maior desenvoltura. Alguns já partiam da ilha, em arremetidas repentinas contra a linha do horizonte. Eugênio me apontava essas aves, que voavam sempre numa linha diagonal à praia, e o gesto do seu braço estendido sabia exprimir a extensão da viagem e a firmeza do rumo.

O trabalho de Eugênio estava terminando. Na verdade, ele já deveria ter ido embora para aguardar aqueles pássaros em outra parte, bem longe daqui. Mas prolongou sua temporada na ilha, exagerou os cuidados com seu barco. Esperava alguma coisa, imaginando talvez que o último pássaro a partir fosse levar também a sua última hesitação.

Eugênio mostrou-se mais disposto a falar, ou menos capaz de se manter calado. Sem mencionar um único nome, contou-me a respeito da cidade pequena onde morava, as casas cercadas de grama e os cães latindo junto às cercas. Descreveu a sua casa, onde vivia sozinho, e a varanda de madeira que tanto apreciava. Em setembro, ele disse, era possível colher nêsperas apenas estendendo um pouco o braço para fora da varanda. Me explicou o que eram nêsperas, me descreveu com entusiasmo os magníficos caroços dourados. Eugênio falou do pai e da mãe, já idosos, que viviam numa cidade vizinha à sua e davam aulas de música.

Como se o tempo corresse contra ele, Eugênio não esperava o momento apropriado de dizer as coisas, os tempos e os assuntos se entrecruzavam. Eugênio tentava disfarçar, mas dava para ver que estava assustado, vencido pela evidência de que jamais chegaria o momento de fazer o que achava que devia fazer. De tempos em tempos, um pássaro disparava acima de nós, resoluto, estalando as asas com uma energia estridente, e a linha reta da sua vontade dobrava o céu em dois.

Faz tempo, tudo isso. Mas me acostumei a pensar que senti certa compaixão de Eugênio. Achei que podia abreviar seu constrangimento. Falei que ainda havia na ilha uma coisa interessante, que ele não conhecia. Eugênio soltou um suspiro de desânimo, como se estivesse voltando, de mãos vazias, ao ponto de partida. Mas me acompanhou de novo, em silêncio.

Ao me ver dentro do córrego, a água muito clara roçando em volta das minhas canelas, Eugênio estacou na margem. Por um momento, antes que ele pudesse se conter, suas sobrancelhas cor de ferrugem se encolheram num pequeno susto. Fingi não notar e acenei para que me seguisse. Eugênio não demonstrou que na verdade já conhecia aquele caminho. Mas tampouco fingiu que se tratava de uma novidade para ele. Não ficou perguntando para onde estávamos indo.

Antes de sairmos do riacho, Eugênio mergulhou o chapéu na água e encharcou o cabelo e toda a cabeça. Na ponta do seu nariz, de vez em quando, eu via se formar uma gota brilhante, que logo tombava. Isso e os filetes de água que desciam do cabelo faziam seu rosto parecer mais duro. Para que ele experimentasse um caminho novo, o fiz subir e descer o morro no meio do capim alto. Diante do túmulo, paramos. Me agachei e esfreguei os dedos no musgo, bem rente às letras do nome "Bárbara". Não falei uma palavra, deixei que ele pensasse o que quisesse e abusei um pouco do poder que eu sabia possuir sobre ele, naquele momento.

Enquanto estivemos ali, Eugênio tirou e pôs de novo o chapéu na cabeça umas três vezes, alisando o cabelo com a mão, sem a menor necessidade. Então ele disse que já sabia quem era Bárbara, que eu não precisava explicar, como se eu quisesse, ou pudesse, explicar alguma coisa. Eugênio tinha tato, pisava de leve na terra. E foi essa a maneira indireta, foi esse o desvio que inventou ali, de improviso, para me falar sobre o assunto. Eugênio quis me proteger com a redoma de um conhecimento prévio que eu, na realidade, não tinha.

Sem dúvida, Athos lhe havia dito que eu ignorava tudo a respeito da história. Mas agora eu mostrava que conhecia pelo menos o local do túmulo. Eugênio deve ter imaginado que eu os seguira, dias antes, ou que havia seguido Athos até ali várias vezes ao longo dos anos, mas que na verdade eu nada sabia. De um modo ou de outro, bastou que ele soltasse duas frases e meia para eu descobrir quem era Bárbara.

O propósito de Eugênio era me apaziguar, tirar dos meus ombros o peso do meu nome e me fazer, enfim, dar as costas para esta ilha. Ele tentava me impelir para a frente, para longe, mas desse modo, e sem querer, estendeu para mim uma linha que puxei justamente na direção contrária, para trás, para o passado e para dentro da terra. Contornando escrúpulos obscuros, Eugênio falava com intervalos e pausas nervosas que me deixavam tempo para tirar minhas próprias conclusões. Bárbara morreu quando eu nasci.

Eugênio teve o cuidado de não expor as coisas desse modo e tentou evitar qualquer vestígio de recriminação. Mas deduzi que Athos, até certo ponto, sabia do risco que sua esposa corria. Estava ficando velho e sua vontade de ter um filho o cegara. Pude até imaginar Bárbara se deixando convencer em face da teimosia de Athos, ou de uma teimosia que também era dela. Antes que eu abandonasse aquele meu devaneio, vieram bater em meu ouvido palavras mais duras e me dei conta de que Eugênio falava de Athos. Eugênio passou a gaguejar um pouco e a se repetir.

Entendi que Eugênio tinha perdido o rumo, tinha esbarrado num muro. Tomava impulso e voltava a investir, por um outro lado, mas sem sucesso. Havia muitas coisas que ele não se mostrava capaz de contar. A dúvida o tolhia, e Eugênio no íntimo devia se perguntar, afinal, quem ele pensava que era para estar fazendo aquilo. Mesmo assim, pelas pontas que ficavam de fora, deduzi que se tratava de certos fatos ligados ao país natal de Athos. Eram as circunstâncias e o motivo pelo qual Athos tinha vindo para esta ilha, muitos anos atrás.

Achei que Eugênio não precisava passar por aquilo. Compreendi que havia chegado a minha vez de dizer alguma coisa. Lembrei que na verdade era Eugênio quem precisava ser aplacado. Era ele que estava sob ameaça, transtornado pelo silêncio dos outros, pelo que estava enterrado na ilha. Não lembro as palavras que usei, mas deixei claro que Athos e eu somos iguais, não importa o que ele tenha feito. Bem ou mal, expliquei que Athos e eu nascemos da mesma terra. Foi o que entendi, ou imaginei entender, junto àquele túmulo. O significado do nome Bárbara e das poucas coisas que me dizem respeito: um estrondo e dois ecos.

Lembro-me de Eugênio olhando para os meus pés descalços, parados, sobre a relva. Lembro-me das folhas da grama, um pouco curvadas por cima dos meus dedos e da borda dos meus pés, querendo me segurar na terra. Acho que dali até o momento em que ele foi embora, alguns dias depois, Eugênio nem uma única vez voltou a me chamar de Bárbara.

Desde então, os pássaros já vieram e partiram nem sei quantas vezes. Procurei e de fato encontrei, em mais de um deles, o anel de metal preso no tornozelo. Imagino que, do outro lado do mundo, Eugênio continue a marcar as aves. Sabe que algumas delas voam para cá. Deve saber também que eu verifico se elas trazem no pé o sinal de Eugênio.

Os caranguejos não têm escrúpulos. Comem tudo e até uns aos outros, eu já vi. É fácil imaginar quem levará a melhor, quem vai sobrar quando não houver mais lugar para todos os que hoje vivem na ilha.

Os caranguejos não são da água nem são da terra, por isso parecem mais livres, não têm contas a prestar. Vivem na faixa do mundo onde a terra e a água se misturam e não existe fronteira. Os caranguejos reinam no meio e dali, dessa tangente, podem dominar melhor o centro e todo o resto.

Lutam uns com os outros e nesses combates, como vi tantas vezes, podem perder sua pinça principal. Mesmo mutilados, sobrevivem até que uma nova pinça se reconstitua. Placa por placa, unha por unha, parece que remontam o antigo braço em razão de uma vontade muito forte. Na verdade, o caranguejo troca a sua casca inteira diversas vezes na vida. Em lugar do velho, um novo caranguejo recomeça, com sua tenaz revivida, a mesma haste desproporcional em relação ao resto do corpo, o mesmo peso insensato que ele arrasta, a custo, rastejando de lado. A ponta com a qual fere e despedaça.

1ª EDIÇÃO [1998] 1 reimpressão

ESTA OBRA FOI COMPOSTA PELA HELVÉTICA EDITORIAL EM GARAMOND
E IMPRESSA PELA GRÁFICA BARTIRA EM OFSETE SOBRE PAPEL PÓLEN SOFT DA
SUZANO PAPEL CELULOSE PARA A EDITORA SCHWARCZ EM MAIO DE 2009.